那时候

——20世纪七八十年代的乡村记忆

仇长义 / 著　王树忠 / 图

山东友谊出版社

能不忆乡愁（序）

左建明

日暮旅途何处去，炊烟生处忆乡愁。路走得漫长了，便禁不住时时回首，沉浸于往事的追忆。长义的散文《那时候》，近六十篇文章，从水土、草木、鸟虫再到吃喝人事，几乎把自己的乡村童年记忆一网打尽。那单纯的稚趣与欢乐，那懵懂初开的疑惑与哀伤，以及精细写实的民俗与物事，仿佛一网活蹦乱跳的鱼，文学地呈现在读者面前。我们疲惫木然的生命意识仿佛被这些文字突然唤醒，于是，我们跳出现实的喧哗与骚动，发现生命的真正意义在于童年记忆。那本是苍茫苦涩甚至有些愚昧的农耕年代的物事，竟然变为一片绿色的草木清泉，源源不断地为我们的人生行旅提供滋养。这便是记忆的魅力。

事实上，记忆总是在接受时间与想象的浸润。你所曾亲历目睹过的事件、场景、人与物，彼时彼地的氛围、情感，仿佛倒映在时间的流水中，经过几十年的磨洗，已经变得像五彩鹅卵石一样美轮美奂了。你对它们的每一次追忆，都无意中掺进了后来的生命经验与情感。

童年的记忆之美，首先是天真无知，因而对世界充满好奇，于是就有了丰富的想象。童年的记忆对美天生敏感，正如一位美丽的小姑娘站在原野上，她的目光自然而然地投注在野花与蝴蝶上，而下意识地躲避着毛毛虫的蠕动。男童长义那么喜欢蝈蝈清脆的鸣唱，他在金色的豆子地里与蝈蝈比赛机警与耐心。他是那么喜欢蜻蜓，“我们惊叹于它高超的飞翔本领，或飞着飞着急转弯，或猛然直上直下，甚至猝不及防地掉头飞行，却总是那么轻盈、优美、自如”。而他与小伙伴们却十分厌恶蚂蚱、臭大姐。这正是童年本能的选择。

在我看来，中国古典文学有个重大的遗憾——缺少一部像《金瓶梅》《红楼梦》那样的大部头的乡村长篇小说。我们因此无法形象地认识几百上千年前中国乡村的真实形态。长义的《那时候》为我们提供了许多农耕时代的生活物事，并且充满诗意与色彩。比如熬硝、脱坯、摇辘轳、咸菜缸子、十六两秤、碾和磨，等等，从形态性能到使用方法与过程，书中都有详尽的描述。而极为宝贵的是，个中还有作者的情感渗入和生命叩问。比如“熬硝”，这种工艺早已绝迹。但长义尾随着爷爷后，全程再现了这温暖而又苍凉的场景。硝，既可作苦涩的食盐，又可配制炸药做成过年的鞭炮。最令人泪目的是长义和母亲冬天里拉了一地排车大白菜去县城卖，“三三两两的买主，不是猛给你砍价，就是狠扒白菜帮子，扒得一棵棵白菜都成了脱毛鸡，扒得我们心疼得直哆嗦”。即便这样，太阳西沉时仍未卖尽。后来，一个中年人要包圆，也不还价。他们自带的十六两秤太小，那人挺着大肚皮领他俩去过磅。结果被坑了五十斤白菜。长义怀念那老式的十六两秤，因为秤杆上刻有北斗七星、南斗六星，外加福、寿、禄三星一共十六星。买卖时，少给人斤两是要减禄、减福、减寿的啊。

往事如烟。我将它比作身后的落叶，长义却把它们比作遗落在田野里的地瓜。他搜寻记忆，说那是“捞地瓜”。这只有在乡下长大的孩子才能知道。那是在覆霜的田野上用锄或铲翻拣早先遗漏在地下的瘦小的地瓜。作者写道，那场景清晰地在我脑海里浮现。温暖的阳光，开阔的田野，地瓜被掘出地面的惊喜，走走停停的身影，坑灶冒出的青烟，地瓜焖熟的香气，亲切而熟悉地氤氲在我心里。

正是遍地落叶，满纸乡愁。

在今天这个工业与科技迅猛发展的时代，乡愁是保不住的。再也没有炊烟，再也没有火炕，再也没有犁耙碾磨辘轳水井，很快，乡村也要消失了。残存的乡愁，存在于过来人的记忆中。随着一代一代生命的消亡，乡愁也与记忆随风而散。

还有另外一种形式能够保留乡愁，那就是艺术。法国的乡愁在巴比松的绘画中，拉美的乡愁在《百年孤独》中，中国的乡愁在鲁迅、茅盾、沈从文的文字中。《那时候》也正是仇长义奉献给中国乡愁的童心童眸。是为序。

（作者系山东省作家协会原副主席，著名作家）

2018.6.5于聊城

水　土

草　木

{鸟　虫}

{吃　喝}

{人　事}

{水 土}

熬 硝

那年月，村里人挣分钱不容易，除了养上几只鸡，“鸡屁股当银行”，爷爷能想到的门路就是扫盐土熬硝了。

爷爷是个地道的庄稼人，干农活是一把好手，就是熬硝也堪称行家里手。

记忆中的爷爷，身材微瘦，但结实，腰背硬朗。头上似乎一年四季都蒙着条青毛巾，夏天防晒擦汗，冬天遮风御寒。

那年月，人们肚里的油水少，地里“油水”也不多，盐碱地占了一多半，深秋过后，沟头坡地白茫茫一片。村里老土房、院墙、厕所、猪圈的墙基处，土皮潮乎乎的，松软开来，像附着的“鳞片”。不经眼看上去，这些细碎、茸茸的“鳞片”，似乎在微微颤动。

散落在村里各处的这些松碎的“鳞片”，正是熬硝最相宜的硝土，爷爷对这些摸得门儿清，像数自个儿的手指头。

深秋的清晨，天还没有放亮，人们还在熟睡中时，爷爷就推着前后带铁皮挡圈儿的地排车出门了。车上放着簸箕、细竹条小扫帚，还有他亲手打制的刮铲。

扫硝土，爷爷由远及近，先从村头的老墙角扫起。爷爷猫着腰或蹲下，用竹条扫帚一下一下扫刮着墙基部的浮土，那些细小的“鳞片”簌簌落下。扫帚在墙体上发出有节奏的唰唰声，一下下渗入人们的梦中，在人迹稀少的清晨传得很远，爷爷说，这是世界上最好听的声音了。爷爷把扫下的硝土归拢到一处，用簸箕撮到地排车上，墙角处顿时清爽起来，然后再推车到下一处。

天放大亮时，爷爷已拉着满满一车硝土回到家中，满脸的汗水在青头巾上逸出热气。爷爷摘下头巾，在奶奶准备好的半盆热水里抹一把脸，然后用背篮把车上的硝土倒入西屋的一个阔大瓦缸里，细细压实，接着注满水。

大瓦缸的下部有一个小孔，塞着一根寸把长辗轧过的麦秸，硝土的滤液透过小孔，顺着这根麦秸缓缓滴入下面的瓦盆中。那情景，颇似现代的输液。开始是浅黄色的，后来渐渐变成琥珀色，随着水的不断注入，又变成浅黄色。

硝土过滤的几天里，爷爷没事就搬个小板凳，坐在瓦缸边，抽着旱烟，看着、听着那一滴滴的硝液滴入瓦盆中。爷爷说，这声音，和扫盐土的唰唰声一样好听，心里舒坦着呢！如此想来，那硝液的滴落声，不正是给这个贫寒的家庭注入的点点希望吗？

待硝液积满三大瓦盆后，爷爷把一个生鸡蛋放入瓦盆中，鸡蛋在硝液中缓慢下沉。爷爷捞出鸡蛋，满意地点点头，寻思了片刻，后天是村上大集，就嘱咐奶奶，明天晚上准备熬硝。

夕阳衔山的时候，爷爷把瓦盆里的硝液倒入大锅，奶奶便开始生火，先用猛火烧得滚开，继之以文火慢慢熬。硝液在锅里发出咕嘟咕嘟的声响，闪着琥珀色的光。爷爷把锅铲放入硝液中，拿出来，看着硝液变稠，开始“挂铲”了，就让奶奶熄火，把熬好的硝液舀入底小口大的瓦盆里，用嘴喷一口凉水在上面，盖好，让其慢慢冷却。

硝液舀完后，锅底残留下一层白色的晶体，这便是硝盐了。村里的人日常食用的大都是这种；讲究些的不吃，只用来腌菜。那年月没听说过什么含碘盐、精制盐；年年月月吃这种硝盐，也没见村里有得“大脖子”病的。

第二天早饭后，经过一夜的等待，爷爷倒出瓦盆里冷却的深红色的硝液，一夜之间硝液就摇身变成“卤水”了。就是“一物降一物，卤水点豆腐”的那种。然后把瓦盆倒扣在事先铺好的蓝布上，轻轻一摇，拿起瓦盆，一尊晶莹剔透、有着喷射状冰凌花纹的硝坨出现在眼前。此时的爷爷，脸上笑开了一朵花，嘴里吧嗒吧嗒抽着烟。那时，我们觉得爷爷就像集上变戏法的那个魔术师一样伟大。

爷爷熬成的硝，大都带着放射状的花纹，如同精美的冰雕艺术品，好看又好卖。每逢集日，供销社那个戴眼镜的秃头老邓专门来收购爷爷的硝坨，顺便还给我带几块水果糖；但是我不稀罕，因为老觉得他像电影《小兵张嘎》里面的胖翻译官。

用爷爷的话说，熬硝其实挺划算的，硝给供销社，卤水给做豆腐的，盐自家用或送亲戚，就是起五更睡半夜的，累！但爷爷又叹道，一个庄稼人苦点、累点，这算事吗？

至于爷爷熬成的硝为什么带着美丽的冰凌花纹，好看又好卖，爷爷一般不告诉外人。但是我知道，爷爷附耳给我小声说的，秘密嘛，就在那一口喷射在硝水上的凉水里！

简单吧？简单。但是我不给你说，恐怕你一辈子都悟不出这个道道来。

世上的事，大抵若此吧？

冰 挂

那时候，不仅雨水多，雪也大。

下雪也多在傍晚时分，就像古书上描写的那样，彤云密布，不一会儿便飘飘洒洒舞起漫天飞雪来。一夜的工夫，满村皆白。

清晨，推开被雪埋了小半截的屋门，冷风嗖嗖地往怀里灌。开门的第一件事，便是在院子里扫出一条路来，通往大门的、通往厕所的路都要扫出来。雪厚了，要先用铁锨铲或推，再用扫帚扫干净。

院子里的雪扫好了，再到大门外扫，“各扫门前雪”嘛。这时还不能歇着，大人会带着我们到自留地里去，把地头、路上的雪铲到地里。雪是好东西，是天然肥料，“瑞雪兆丰年”，不能白白浪费了，而且还是麦苗过冬又厚又暖的被子。

干完这一切，就是我们这些小孩子的自由活动时间了。堆雪人、打雪仗，玩法和现在的孩子差不多。有时，我们会用冻得通红的小手，团起一个个雪蛋，攥实了，放在嘴边一点一点地舔或啃，凉凉的，润润的，似乎还有一点甜。

这时候，太阳出来了。

那时候，一场大雪后往往是朗朗晴空，阳光灿烂。我们不懂得“须晴日，看红装素裹，分外妖娆”的伟人诗意，我们只知道，太阳出来了，中午过后，屋檐上就会有长长的冰挂了。

近中午时分，屋顶上的雪开始陆续融化，顺着屋檐滴落下来，此起彼伏，渐渐成了一道长长的水帘。午后，阳光慢慢弱下去，雪水滴落转缓，不复是“大珠小珠落玉盘”，而渐成强弩之末，懒洋洋的，这边一滴，那边一滴，有气无力的样子。这时滴滴雪水便开始在屋檐上凝结，越凝越长，成为大大小小的倒长锥形，挂在屋檐上，在阳光下亮晶晶的。来不及凝结的水珠顺着长长的冰锥滑落，直至夕阳衔山，寒气渐重，方才罢滴。

这些悬在屋檐下的冰锥，便是我们俗称“溜溜角”的冰挂了，成为当时村里雪后的一景，孩子们的爱物。结冰挂的时候，我们站在院里远远看着，指指点点。有时忍不住跑到屋檐下，脸朝上，让落下的水珠溅在脸上、滴入口中，然后抹一把脸，吧嗒吧嗒嘴，嬉笑着跑开。

冰挂在凝结的过程中常常有挺不住的，啪嗒一声断裂，摔碎在屋檐下。这时大人会呵斥我们走开，免得掉下来的冰挂砸伤脑袋；但我们不怕，反而觉得好玩。

多少年见不到冰挂了？还有那个时候漫天飞舞的大雪。不像现在，净飘些二半吊子样的雨夹雪，磨磨叽叽，刚涌上观雪的兴致，却一下子偃旗息鼓了，还弄得地上滑滑擦擦，一点都不爽快大气。

那个年代的大雪和冰挂，还会再有吗？

打水漂

玩游戏是孩子们的天性，男孩子犹然。男孩子们的游戏多半具有挑战性和刺激性，还有部分炫耀的成分在里面。

那时候很少有现成的玩具，大部分都是大人或自己亲手制作，或者因陋就简，即兴发挥。

打水漂就是。

放学的路上，经过一片水坑，或在河边割草，三三两两的孩子们玩兴大发，即兴来一场打水漂比赛。或者边走边拾起路边的瓦片，打几漂开开心。

打水漂用的瓦片或小石片，最好是平整且具有一定分量的，太轻了发飘，太重了则冲不远。

瓦片或石片在手，要先斜下身子，选好抛出的角度。太高了，瓦片抛得虽然远，但啪的一下就飞到对面坑边了，不过瘾；太低，则咚的一声射入水中，只激起一朵大水花而已，打不成水漂，扫兴。以我的体会，捏瓦片的手与水面斜成二三十度角最为相宜。

这个不用教，多看看别人怎么抛或者自己多抛几次就行了。那时，我们上学不怎么用心，打水漂却无师自通，神通广大。

我们站在坑边或河边，一个个斜着身子，眯着眼睛，喊声一、二、三，手臂一扬，手里的瓦片或石片嗖的一下飞出，贴着水面砰砰砰响成一片，打出一汪汪轻盈而优美的波纹，仿佛燕子点水，又如功夫高手踩水过河。

打水漂，比的是速度与数量。瓦片飞出，谁的在水面穿行快，点水次数多，谁就是胜者。真正的打水漂高手，是能让瓦片从坑的这边水面，嗖嗖嗖地一路穿行，激起一连串水花，然后平稳地落到对面的坑边上，其扬手之洒脱，入水之疾速，穿行之优美，水花之荡漾，声音之轻盈，着实让人叹为观止。

尤其是瓦片擦着水面发出的那一连串轻快的声音，让人着迷。那是一种无以言说的快感，无与伦比的美感，至今想起来，心里还是痒痒的，如同水面上激起的水花、荡开的波纹。

只是如今村里的水坑大都被填平盖成房子了，即使有，也是水面浑腻，垃圾满坑。不要说打水漂了，就是一块砖头投进去，也激不起多大的声响了。

担　水

不到十岁，我就开始担水了。

那时候没有压水井，更没有自来水，吃水要到村里的井上去挑。

贯穿全村的，有两条大路，一条是东西路，一条是南北路，东西路较长，也宽些。两条大路在村子中间的交汇处，叫隅首。由此，全村分为东、西、南、北四街。

每条街上都有两三口水井，为的是方便就近取水。

村里的井，和自留地里的井差不多，青砖砌就，井壁幽深湿润，井口大部分铺着大石块，也有用青砖竖着垒成的。只不过由于村子地势高，水位要深一些。

我挑水的铁桶是父亲特意请人打制的，比一般的水桶要小一些；扁担钩也短，基本上是量身定做的。

井离我家较近，也就是二十多米吧。

挑水，一般在清晨，太阳刚露头的时候。

我手里拿着井绳，担着两只空桶出门了。水桶在扁担钩上发出“吱吱扭扭”的声响。到了井边，用井绳钩吊牢水桶，双脚叉开，把水桶顺进井里，缓缓下坠。当水桶碰到水面时，双手提着井绳左右轻轻摇荡，让水桶倾斜灌进水去，水满后再把水桶在水里上下来回蹲几下，接着弯腰左右手倒替着向上拔。水桶离开水面，微微晃悠着，溢出的水不断地滴下去。提水的时候，手要把牢井绳，用劲要稳，以免水桶晃动过大撞到井壁上。水桶接近井口时，腾出右手抓住水桶的提手，放在井边，把水倒进另一只桶里，然后再把空桶顺进井里，灌满提上来。

担水也是有讲究的。扁担的中间部位搁在肩上，双手抓住扁担钩，扶牢水桶，起身时要慢，最好双手张开扶住扁担钩，以防水桶摇晃，起身后再慢慢松开。担水走动的时候，步子也要尽量慢一些，稳一些，不让水桶里的水晃悠出来。电影《朝阳沟》里的银环挑水，想必大家都看过，她就是前后平衡掌握不好，才让水桶摇晃不止，上下起伏，在大庭广众之下出洋相的。当然，人家是城里的洋学生，又是女的，初来乍到，出点洋相也是情有可原、在所难免的。

这时，太阳已升起来了。一个不到十岁的少年，肩着两桶水走在街上，初升的阳光把他挑水的影子拉得老长。

少年来到院子里，把桶里的水哗啦一下倾入水缸里，水在缸里翻卷、旋转，久久不能平静下来。

水缸里满水后，水面清澈见底，倒映着蓝天和一缕白云，微微晃动。

井、坑及排水沟

我们村分东、西、南、北四条街，村中央隅首处地势最高，村四周偏低。这样的地势当然是为了排水方便。

每条街上都有两三口水井，用来担水做饭。靠近村边处有大小不一的水坑，下雨时雨水顺着街道流入坑中。坑里的水一年四季不断，不养鱼，不养鸭，只是让水那么满满地蓄着，谁家盖房垒墙了，就从里边取水。坑

靠街的一角留有青石块砌成的阶梯形入水口，俗称“坑嘴子”；坑的另一端留有排水口，大雨如注，坑水超过警戒水位时通过排水口流入排水沟。

坑嘴子上面的石条上和坑边的大树下，是村人夏季纳凉的好去处。水坑靠近村边，地势较为开阔，清风徐来，蝉鸣阵阵，大人坐在那里拉闲呱，孩子们跑来跑去或在水坑里嬉水打闹。井台边、坑边往往成为村里的消息中心。

村子的西北处，有一座金牛山。说是山，其实也就是七八米高的土岗子。山的东面是一个大水坑，里面有两三个泉眼，一年到头清水充溢，从不干涸，是村里固定的水源。坑东南角处有一圆形的排水口，水满后流入向南的排水沟。排水沟向南二百米处连通北街的水坑，也就是夏天我们经常下坑的地方，再往南去，经过村西的小石桥，沟面顿时宽广起来，长满了芦苇和莲藕。过了村西南的小石桥，沟面渐渐束紧，沟的两边是蒹葭苍苍，但不复有莲藕。拐过村南的石桥，流经两三处人家，在村小学的西南角折而向南，半里地后汇入赵牛河。

如果把从金牛山到赵牛河的排水沟比作一条长长的蜿蜒的青色长蔓，那么村边上的水坑便是长蔓上散落的硕大叶片，汁水充盈，绿意无限，松松缠绕着大半个村庄，抚慰着村人的生活和梦。

总觉得，那时候我们的村子一年四季润泽着波光水影，很有江南水乡的味道。尤其是夏季，几场大雨过后，村边水汪汪一片，波光云影，芦苇青青，荷叶田田，绿荫遍地，间或有野鸭子出没其间。村西小桥两边的水面上，常常漂动着一种水虫，四条长腿头发丝一样，轻快地一动一动，我们都叫它“换香油的”。

水井、水坑和蜿蜒的排水沟，组成了我们村完美的取水、蓄水、排水系统，顺势而为，应运而生，自然而然，天人合一。

如今，井填了，坑平了，排水沟被挤成窄窄的一线，荒草丛生、垃圾触目。那些青葱的芦苇，碧绿的荷叶，可爱的水虫，当然也随水一去不复返了，让人不胜感慨，恍若隔世。

如果再来上几场那时候的大雨，我的村庄将变成泽国一片，情何以堪？

有时我真的纳闷，那时候的大水都上哪里去了呢？

那时候的水，真多，真清啊！

推水车

生产队的时候，除了集体劳动挣工分，我们村每家还留有一二分自留地，大部分用来种菜。

我们村处在两县交界的地方，“文革”后期，“资本主义尾巴”割得不是那么紧了，对于自留地，公社上想必是知道的，大都采取了睁只眼闭只眼的态度。

我们村紧靠“南京到北京”的御道，出产的大白菜远近有名。据说，慈禧太后吃过我们这儿的白菜后，说过一句“百菜没有白菜美”的话。这

话在村里传来传去，我们也就当真了。外出卖菜的时候，常对买菜的人说，这可是太后老佛爷吃过的白菜啊！

我们村的大白菜，个大，形圆，菜心包得紧绷绷，出菜多。吃起来除了特有的白菜香，还有淡淡的甜味。无论是凉拌、炒食还是包饺子，吃过的人都竖大拇指。

吃起来的美味，种起来却不易。大白菜是水菜，一生离不开水，尤其是包心的时候，几乎一天要浇一遍水。

那时候机械少，一家一般也买不起水泵。就是买了，菜地像老和尚的百衲衣似的，也派不上用场。浇菜，都用水车，那种管链式的铁水车。

自留地一般都在靠近村庄的地方，方便干活。那时候水井比较多，大都是青砖垒就的，井口用石头砌成，井壁的青砖湿漉漉的，砖缝里三三两两地长着苔藓或细长的荒草。井水幽深清凉，夏天水位高，一场大雨过后离井口也就一尺多，冬天则相对深一些，有时井口冒着袅袅蒸气。

几乎每个井口的上面都安着一架水车，集体统一配的。水车上面的铁榔头上横插着长长的粗木杠，推水车用的。

一架水车，附近有自留地的几家共用。时间长了，谁家哪天用都熟悉了，默契了，用不着再相互打招呼。反正没听说过有因为争水车生闲气闹乱子的。

推水车，刚开始是比较轻省的，因为水位高，一个人就可以。后来水位慢慢下降，越推越沉，一个人推就吃力了。最让人丧气的，是由于水车齿轮的老化，提水的铁链与齿轮咬合不紧，发出“咔嚓咔嚓”的声响，哐啷一声滑落下来。这时就需要停住，提上铁链重新挂好，再推。这就有些耽误事了。也怪，越是着急，怕耽误事，就越掉链子，让人无可奈何。

那时，我八九岁。父亲在百里外的邻县上班，家里就我、母亲和两个年幼的弟弟。母亲要强，什么活也不落在别人后面，自留地里全都种上了大白菜。母亲忙完了地里又忙家里，还要照顾两个弟弟，实在忙不过来了，就喊来二舅帮忙。

“白露”过后，大白菜进入了旺盛生长期，几天就要浇一次水。天气早晚凉爽，中午还是热辣辣的。

给白菜浇水的活儿基本落在了我和二舅身上。二舅左胳膊残疾，一条腿还有些瘸，四十好几的人了还是鼻涕邋遢的，当然也没成个家，在姥姥家不大受待见，却和我拉得来。

我和二舅一边一个，共同推水车。一开始，我把水车推得飞快，弄得二舅一瘸一踮地跟不上趟，边擦鼻涕边骂我。直到铁链子哗啷一声滑落下来，二舅才停住脚，幸灾乐祸地看着我上链子。上链子这活只能我干，二舅使不上劲，我吃力地提起铁链，听着皮钱在长长的铁筒里发出“扑哧扑哧”的声音，一点一点挂在齿轮上。挂好铁链，我的力气也消耗得差不多了，懒洋洋地推着木杠。这时，二舅吸着鼻涕，挤眉弄眼地望着我说：再跑哎，再能哎，怎么不撒欢了啊？我把头别向一边，不理他。二舅也不和我一般见识，用力推着越来越沉的水车。

推到井底快见干的时候，二舅就说：“仇小，歇会吧，等井水长长再推。”

我飞快地松开木杠，一腚坐在垄沟边。二舅猝不及防，被倒转的水车带得后退踉跄几步，无奈地咧着嘴，不知嘟囔着什么。

我坐在井边的垄沟上，看着井水顺着垄沟缓缓流淌。靠近水车簸箕的地方，被水冲出了一个小坑，泛出了细碎的沙石。清凉的井水仿佛听话的孩子，在垄沟里乖乖流着，碰到拐弯处急速地拥挤一下，又轻轻荡回来向前走，顺进菜畦里，慢慢洇湿、蠕动。地里的白菜们见到水，如同遇见亲人，张开每一条根须吮吸着，像婴儿含着乳头，不吸饱不让水流向别处。我似乎听到它们细微到无声的吮吸声，望见清澈的井水在每一条叶脉里汩汩流动。

太阳很好，暖暖地照着大地。吸饱了井水的白菜们叶子挺拔，绿莹莹的，如同一匹匹精神抖擞的小马驹。那些没有浇上水的白菜则有些没精打采，可怜巴巴地望着我们，仿佛在恳求：别老歇着了，推吧，我们渴啊！白菜们的这些神情语言，少年的我，能听得懂。

我站起身来，望了望井口，水已经长到井壁半截了。二舅说，别紧歇着了，越歇越不愿干活，推吧！

又继续推水车。此时的我有些心不在焉，一边推，一边望着阳光下碧绿的白菜，远处大片的玉米地。水车一圈圈地转着，橙褐色的皮钱带着井水缓缓地从井底升上来，注入车簸箕，清凉凉地淌着，稍微有一些腥气。这时最烦的，就是水车掉链子和菜畦“打漏子”。“打漏子”还好，一个人推着，一个人飞快地拿着铁锨去堵漏子。掉链子最可恶了，越到后来越掉，提链子时，水链攥在手里冰扎凉，勒得手生疼，不小心还会咬伤手。一次次地上链子，让我有些气急败坏了。再推时，半个身子伏在杠子上，像“尥蹶子”的驴，半干活半罢工了。

这时，最愿看到的是母亲远远赶来的身影。推水车不是个轻省活，还熬得慌，这一点母亲是知道的。她总是及时地带着些瓜果梨枣和菜包子、肉末合子来犒劳我们。一看到母亲的身影，我浑身立刻来了精神，长了力气，也不“尥蹶子”了，也不磨蹭了，像撒欢的小马驹把水车推着咔咔响。

一个人，在疲惫的时候，是需要亲人安慰的。一个身影，一句夸奖的话，当然，最好还有好吃好喝的物质奖励。

如同地里的大白菜对井水的渴望。

不知为什么，每次推完水车，我总要一个人坐在井边待一会儿，望着近处的白菜，远处的庄稼，以及晌午的满地流淌的白花花的阳光。

待上好大一会儿。

那个八九岁的孩子的心中，已经有了一丝淡淡的忧伤。

脱　坯

那时候，村里人大部分都睡土炕，很少有睡床的。土炕是用土坯盘起来的。脱土坯这活我干过，当然是协助大人干的，属于农村“四大累”之一。

脱土坯要选择大晴天，最好三四天都是瓦蓝瓦蓝的太阳天。脱坯，和泥是关键。土必须是黏土，里面掺上些麦糠或碎麦秸。先把土堆扒成圆盆状，里面倒满水，洇湿一会儿后，把边上的土慢慢往水里填，然后用铁锨、镢头不断搅和，使水土充分融合，稠稀适度。泥和好后，要闷上一会儿。最好是起个大早和好泥，让泥闷着，然后去吃早饭。一顿饭的工夫，泥就闷个差不多了。

脱坯，要选较为宽敞的空地。空地上事先撒一些细土或沙土，以防坯和地面粘连。脱坯，一般要两个人，一个端泥，一个脱坯，也有一个人连端泥带脱坯的。脱坯是要用坯模子的，长约尺半、宽约半尺、高约三寸的长方形木框，平放在地上，里面装满泥后，要用泥板不停地搅和，尤其是边角处要填满搅实，以防脱出来的坯缺角损边。搅和均匀后，用板尺刮去

上边多余的泥，然后用泥板抹平，再用铁钎子沿坯模的里框划一圈，往上端起坯模来，使泥坯与坯模分离。这样一块坯就大功告成了，然后再脱下一块。

坯一个个脱完后，晾晒上一天一夜。第二天待坯晾挺脱后，立起来，两块坯呈丁字形支好，晾晒干透后，地下铺上砖和塑料布，把坯一个个罗起来，盘炕时待用。

脱坯可不是个轻省活。一个壮劳力脱上一天坯，也要腰酸背痛一番的。不然怎么能将脱坯和泥列入“四大累”呢？和泥，累就累在不断搅和的过程。一开始还省力些，越搅和，泥的黏力越大，拖得你大汗淋漓，气喘吁吁。脱坯，你得蹲着，用泥板子不停地搅和掺实、抹平，七八个坯脱下来，就汗流浃背了。

电影《牧马人》放映时，看到漂亮娇小的女主人公脱了那么一大片土坯，而且是一个人，很轻松的样子，还向丈夫撒娇，我有些不相信自己的眼睛。四川女人就是再能干，一个人脱上一两天坯，也够她受的，不累趴下也得躺下。不过也难说，一是年轻，二是有爱撑着，再累可能也不觉得。有时候你得相信，爱情具有不可思议的力量。

脱坯、盘炕是累活，拆炕、砸坯更是累人。不过，经过几年的烟熏火燎，土坯一个个被熏得油黑发亮，拆下来砸碎了变成炕土，是上棒子（玉米）的好肥料，冲劲特别大；堆到根基部，还有防倒伏作用。

土坯，不仅用来盘炕，也有用来垒墙盖屋的，不过要比盘炕用的坯厚一些短一些。土坯盖的屋，冬暖夏凉，但撑不了几十年就会慢慢变“酥”；再住下去，碰上暴雨连阴天，就有些提心吊胆的。

下 坑

村里的池塘，我们那儿叫坑，是小时候的天然浴场。

池塘里的水一年四季不断，边上水浅，仅能过膝，越往里越深，坑中间能没过大人的头顶。坑四周往往有几棵老树，坑水很清，像一只只明澈的眼睛。

夏天，我们在坑里游泳，打水仗；冬天，我们在冰面上抽“嘎嘎”。

男孩子天生亲近水。我们中间，没有几个不会凫水的。技艺高的，会踩水，半个身子露出水面，轻轻摇晃着，在水中如履平地；最不济的，也会几下“狗刨”，我们俗称“打嘭嘭”，就是身子平趴在水面上，双手在水里向前划动，双脚上下击打，溅起老大水花，发出“嘭嘭、嘭嘭”的声响，身子向前一拱一拱，有点手忙脚乱，形似狗在水中扑腾，这是最“菜”的一种游水方式。

夏天，池塘是孩子们的乐园。

下坑，一般选择在午饭后，也有喜欢晚饭后的。一来吃饱了有力气，抗折腾；二来水温正合适，正好洗去满身的汗污。

我们在岸上脱得精光（其实身上也就一件小裤衩，讲究的再穿件背心，没有什么可脱的，大人叫我们“光腚猴子”），用鞋压住衣服，以防被风吹走。接下来在坑边上揉揉胳膊，拍拍腿肚子，把尿接在手心里，涂抹在肚脐周围，以防下水后腿抽筋和肚子疼。一般我们不直接走入水中，而是站在较高一点的坑岸上，或干脆爬到矮树杈上，纵身一跃跳入水中，就像如今的高板跳水，只不过没有人家运动员专业。角度掌握不好的时候，整个身子会平摔到水面上，把肚皮拍得生疼。

到了水里，我们就成了一尾尾泼剌剌的鱼儿。或者以手击水，溅向对方的脸部，或者仰泳，我们叫“顶老鼠”，仰脸躺在水面上，双脚轻轻向后蹬，双手辅助把握平衡和方向，或快或慢地向前滑动。人多的时候，难

免会顶牛，两三个人的头“嘭”的一声撞在一起，也不恼，转个方向继续顶。

最刺激的，则是“扎猛子”了。深吸一口气，潜入水中，双手划动前行，直到憋不住了才浮出水面，长出一口气，抹抹脸，甩甩头上的水。水性好、憋性大的，如前院的秃蛋、铁头，能一个猛子扎到对岸。“扎猛子”的人多了，在水中也难免会撞在一起，也不急，拨拉对方一下又各自潜行。当然也有憋不住的，撞住后浮出水面，互相吐对方一口水，又没入水中。

坑边的水被太阳晒得发烫，中间的水则晒不透，上热下凉。我们都喜欢在深水区“扎猛子”，凉爽刺激。只有后院我们叫他“狗剩”的，只会几下狗刨，一个人孤独地在坑边浅水里“打嘭嘭”，淌着口水羡慕地看着我们。秃蛋则一个劲地向他招手，喊：来，到坑中间来，再不来，你的蛋皮都要叫“爷爷”（太阳）晒糊啦。

下坑最怕的是腿抽筋。人多的时候还好说，能相互帮衬照应；一个人的时候腿抽筋后呛上几口水，会有生命危险的。大人常常告诫我们，下坑的时候要多喊上几个人，一个人不要到坑中间的深水里去。因此，我和秃蛋、淘气等因为经常结伴下坑，成了烂韭菜不破捆的光腚朋友。

下坑最倒霉的是踩到“嘎牙”（黄颡鱼）上。“嘎牙”生长在水下面的淤泥里，身上有毒刺，不小心踩到上面，毒刺深深扎进脚里，钻心地疼，弄不好脚会发炎的，甚至会因此落下伤。因此我们发誓的时候，往往会说：谁要扒瞎(撒谎)，叫他下坑的时候踩到“嘎牙”上！

下坑上岸后，浑身轻松舒坦，但身上的水珠被晾干后，皮肤会发紧。

上学后，老师怕出危险，严禁我们下坑。但我们野惯了，常常偷偷地跑去玩水。老师们也有办法，用手指甲轻轻在我们的肚皮上一划，立刻出现一道白印。

肚皮上划着白印的我们，在毒辣辣的太阳下被老师罚站，你看看我，我望望你，相互吐着舌头。

不一会儿，身上就被晒得出油了。

但我们记吃不记打，仍然偷偷跑出去，下坑。

摇辘轳

如果说推水车是“二人转”，摇辘轳则是一个人的独奏。

包产到户后，集体的东西被分得一干二净。水车属于公共工具，年久失修，像一个人逐年老去，残破不堪，无奈之下被辘轳替代了。

辘轳的年代比水车还要久远，乃至遥不可及，且上水的速度也远慢于水车。可是时代变了，又有什么办法呢？只好从远古的岁月里走出来，重新披挂上阵了。如同佘太君百岁挂帅，老当益壮。

井还是那口井，只不过水车换成了辘轳，原始的辘轳。这些，井记得很清楚。

辘轳的井架一般是固定的。一端竖一根粗木桩或长条石，基部埋实，中间再固定好“人”字形支架，把横杆搭在“人”字支架上，在粗木桩或长条石上绑好，安上辘轳头，就可以浇水了。

辘轳头和铁皮水斗一般都是浇水前自家背来，浇完以后再背回去，也有用地排车拉载的。

摇辘轳是个力气活，也是个技术活。右手抓住辘轳摇柄，左手轻推水斗顺入井口，然后双手叉住辘轳头，让辘轳头上的绳索坠着水斗悠悠落到水面上。铁皮水斗的一侧绑着小石块或废弃的秤砣，以便歪向一边进水。待水斗满水后，转动手柄，摇出井口，右手把住手柄，左手抓住水斗的铁环往外轻轻一荡，右手同时松一圈手柄，水斗便落在垫了废旧麻袋片或稻草的井石板上，斗里的水哗的一声顺入垄沟。

当水斗坠向井里时，叉住辘轳头的双手是有讲究的。既不可以用力过大，磨得手疼，也不能使劲太小，下坠过快，颠簸支架和磕碰水斗，这窍门要靠自己慢慢琢磨，时间长了就掌控得好了。摇辘轳的高手一般都不用双手叉，左手扶控就可以了。另外，还要适度斜着身子，以防转动的辘轳手柄伤人。还有就是，左手往外拎水斗时，也要讲究与右手松手柄的协调一致，配合不好，是很危险的。每年摇辘轳的人都有被手柄打伤的，现在想起来还有些后怕。

摇辘轳者，能不慎乎？

不过，话说回来，当你对摇辘轳驾轻就熟以后，乐趣是要比推水车多一些的。

摇辘轳是一个人的轻吟或狂欢。当你把满满一斗水拎出水面，看着清凉的井水哗啦一声倾入垄沟，激起片片水花，你拥我挤地在垄沟里冲荡，然后又温顺地顺沟流淌；当你轻抚辘轳头光滑的表面，听着辘轳轻快地旋转，水斗啪的一下撞击水面，又噗噜一声灌满水，当你哼着自创的小调，双手摇动手柄，长长井绳系着水斗颤动着点点上升时，望望蓝天、阳光、地里的菜蔬，那种愉悦和享受是不足为外人道的。

尤其是三五月夜，皓月当空，虫声唧唧，辘轳的转动声在深夜里传得很远，铁皮斗子倾泻出的井水在月色下闪闪发光，垄沟里的水一波一波荡漾开来，粼粼闪烁，间或从村里传来几声犬吠，更增加了夜的深远。这时，你的额头上、裸露的脊背上渗出了汗珠，嘴里的小调愈加恣肆。累，并快乐着。“子非鱼，安知鱼之乐？”

当然，摇辘轳说到底是个力气活，也是个寂寞的差事，日复一日尤其如此。但又有什么好办法呢？庄户人家，不都是辛勤劳作，苦中作乐，赚些养家糊口的辛苦散碎银两吗？

那时，我已是个十二三岁的少年，家庭的负担已沉沉压在弱小的肩头，就像我在阳光或月光下，奋力地摇着辘轳，额头和脸上爬满细密的汗水。

汗水流进嘴里，有一点咸，有一点涩。

就像那个年月，乍暖还寒。

雨夜排水

庄稼，是庄户人的命根子。地里的收成关乎一大家人的生计，家之大事也。对待庄稼，庄户人比管孩子还上心，孩子可以暂时放一放，地里的活一刻也不敢耽误。哪块地该除草了，哪块庄稼该施肥了，哪块菜苗该浇水了，晚饭后，母亲在煤油灯下衲着鞋底，自言自语地念叨着，一一安排到位。

麦收过后，雨渐渐多了起来。那个年代似乎雨特别多，也特别大，动不动就是一场瓢泼大雨，下得沟满壕平，“一片汪洋都不见”。这时候的玉米正蹿个儿，像十三四岁的孩子，一天一个样，旱了不行，涝了更是麻烦。如果排水不及时，第二天又赶上个毒太阳，地里的玉米就蔫了大半，懒洋洋地向你甩脸子。

如果是白天下大雨，到地里排水还方便些。夜里大雨下个不停，可就要命了。也怪，那个时候偏偏夜雨如注，隔三岔五就来上一场。

最怕的是西北方向来的大雨。也就是一袋烟的工夫，天阴沉得吓人，西北方向黑云翻滚，隐隐传来云磨嚯嚯之声，一阵狂风吹过，数道闪电炸响，撕破天空，豆大的雨点接踵而至，打得树叶、地面啪啪直响，天地顿时笼罩在雨幕之中。西北的雨来得急，来得猛，电闪雷鸣，如倾如注，完全是我行我素，爱你没商量，不管三七二十一的霸悍气势。

西北的雨来得猛烈，却不是一阵子，持续时间还长。一顿饭的工夫了，还没有停歇的迹象，不过不再是疾风暴雨式的狂飙了，基本上稳住了阵脚。这时，母亲就喊我披上雨衣，穿上雨靴，扛着铁锹到地里排水。

天很黑。深一脚浅一脚，不过仗着路熟，走过多少遍了，捡路面发黑的地方走，那是没被雨水淹没的地方。道道闪电划过，照亮前面的路。风带着雨，吹得雨衣紧紧缩裹在身上，冷得直起鸡皮疙瘩。

一路滑滑擦擦，我和母亲总算走到了自家的玉米地。玉米地里积满了浑浊的雨水，开始漫过田埂。我和母亲用铁锹在每一畦玉米地的两头挖开口子，田里的积水你拥我挤，顺着口子夺路而走，冲刷着我们雨靴上的淤泥。那一刻，当积水冲出口子，漫过我的雨靴时，抹一把脸上的雨水，如

释重负。我想，地里的玉米也是这种感受吧？不然，它们怎么似乎一下子挺直了腰杆呢？

排完水回到家里，雨也渐渐小了。这时，母亲会烧上两碗姜糖水，让我趁热喝下去，驱散风寒。

喝完姜糖水后，我已困得睁不开眼了。

这一夜，我睡得特别死，还打起响亮的鼾声。母亲事后说的。

一觉到天亮，日上三竿。

赵牛河

我们村向南约半里地，就到了县界。赵牛河从邻县县城西南一路向北，到了这儿折向东流，成为两县的界河。

赵牛河，是我小时候心目中的大河。

河的拐角处，向南，是一望无际的芦苇荡；向东，是长满榆树、白杨树的宽广的河堤。不远处，一条大桥横跨南北两岸。

那时候，赵牛河“河水清且涟矣”，阳光下游鱼历历。我们在河边割草、摸鱼，渴了，就在近水旁扒开一个小坑，不一会儿，就泉上来大半坑清水，用手捧着或直接趴下用嘴对着清水喝。没有谁会因此闹肚子。

记忆最深的，是夏天在河里摸河蚌。那时候，赵牛河里的河蚌特别多，大者状如饭碗，中不溜的也有茶碗口大小。晌午时分，太阳把河水晒得热乎乎的，水里的河蚌懒洋洋的，微微张开蚌口，一动不动。这是摸河蚌的最好时候，一摸一个准，只是小心不要让蚌口把手夹住就行了。一个中午，能摸上一大提筐呢。

把河蚌提回家去，喂鸭子。鸭子吃了它，下的蛋又大又圆，还是红心

的，很受城里人青睐。

一个夏天，村里很多人都去摸河蚌，几乎都是满载而归。

当然，河里还有许多鱼，其中白鲢最为有名。那时大都用端网或拉网捞，或者干脆用手摸，很少有用撒网或粘网的，更不用提灭绝鱼性的电网了。那时的人们虽然穷，却不贪，捞上几条鱼来，改善一下伙食或串亲戚用，很少拿到集市上去卖钱。但是也有例外，那就是捞到了黑鱼、团鱼之类的，用一根草绳穿了，拿到县城集市上去，城里人爱吃这一口，据说大补；但村里人不稀罕，也不吃，不用补照样身体壮壮的。另外就是泥鳅、嘎牙之类深水淤泥里的东西，村里人也不待见，嫌其样子丑陋，不干不净，捉到后连同小鱼小虾一概放生。

我想，正是因为村里人不黑不贪，懂得不把鱼虾捞尽捕绝的道理，赵牛河里才会河水清澈、鱼虾丰茂吧？

至少，我的童年、少年时期都是这样的。

{草 木}

撸榆钱

榆树是村里常见的树种，几乎每家每户的院子里都有。

小时候，老家的后院里有一棵老榆树，我双手都搂不过来，树皮皴黑，一道道的纵深裂痕。村里人形容某个人的脸黑且粗糙，就会说“你看看你那张脸，跟老榆树皮似的”。

榆树模样不怎么样，材质却好，是盖房当梁、当檩的上等选择，堪称“栋梁之材”。

惊蛰过后，榆树的枝条上开始冒出一串串黄绿色的榆钱，中间鼓，四周薄，形似缩小了的铜钱。这是榆树的果实。榆树不仅长相粗糙，脾气也硌涩。一般的树都是先长叶、再开花、后结果，榆树偏偏把顺序颠倒过来。硌涩就硌涩吧，榆钱却是全村的一道美食，大人孩子都喜欢。小孩子往往爬到树上，一边撸榆钱一边往嘴里塞，那滋味又脆又绵，清香中带点甜味。大人们则站在房上或墙头，把榆钱撸下放在竹筐里，洗净后拌上面蒸着吃，或蒸榆钱窝窝。家里来了客人，弄一盘榆钱拌豆腐，再来一盘榆钱炒鸡蛋，就足以吃出春天的新鲜与特色了。据说，榆钱还能健胃安神、

利尿清肿、治疗失眠等，这是医学上的事了，我说不大清楚。

榆钱长成后，榆叶也渐次绽出。我喜欢榆树的叶子，顶部略尖，后面半椭圆形，表面平滑或略有一点涩感。等叶子长满整棵树时，枝叶在风中微微摇曳，健朗而俊秀，让人忽略了它粗糙的皮干，而专注于它大气而疏俊的树冠。

榆叶不仅模样清秀，而且和榆钱一样是一道美食。最相宜的，则是榆叶蒸窝头了。玉米的香，榆叶的鲜，再适量加点盐，那个年代，孩子们最爱吃了。

而且榆树皮内部的鲜皮也可以吃，黏黏的，有很多汁水，刨树时孩子们常常吃着玩儿。饥荒的年代，村里的人则以之果腹，据说，比别的树皮都好吃。

二十世纪八十年代吧，有一种叫“榆绿蓝金花虫”的虫子，常常密密麻麻地贴附在树皮的裂纹上，缓缓蠕动，像一块块癣斑，汲其汁液，食其叶肉，恶人眼目。而且这种虫子有一种怪味，鸡不吃鸭不食，喷药根本不起作用，几乎给榆树造成了灭顶之灾。正当人们无可奈何之际，忽然之间它们就消失得无影无踪了。据专家说，这种虫子是从澳大利亚带入的，因气候不适，就集体灭绝了，榆树也因此躲过了一劫。

由于榆树汁水多，知了也喜欢附着其上。不过，知了不像榆绿蓝金花虫那样讨厌，虽然吸食其汁液造成少部分枝条枯干断落，却无伤大雅，那阵阵的蝉鸣，恰似夏夜乡村不可或缺的小夜曲呢！

给人们带来益处多多的树，也容易招惹虫害，一生七灾八难的，有的甚至在劫难逃。这，也成了自然界中的一种现象，一种命运。

感叹归感叹，树木中的“良民”们还得继续活下去，哪怕忍受着种种不公。

好在人心、树心里都有一杆秤。

醉 枣

跟榆树一样被村里人偏爱的，还有枣树。大红枣儿甜又香，看着喜庆，而且寓意也好，早生贵子、年年高，等等，村里人房前屋后种它，很大程度上有图个吉利、讨个彩头的意味在里面。

而且枣树发芽晚，落叶早，不与庄稼争地争阳光，很低调，又乐于奉献，这样的与世无争者谁不乐意与之相处呢？

我们村的西南就有一片枣林，枣树中间有间作黄花菜的，也有种小麦、玉米的。村里人说，枣树间作黄花菜，是最合适的搭配了，就像玉米间作大豆一样，一高一矮，一阳一阴，脾气互补，懂得迁就，这样就容易和谐相处，你开花时黄灿灿一片，我挂果时红艳艳一方。老辈人说，两口子过日子也是这样，你看着两个人不怎么般配，可偏偏就过到一块去了，道理其实和枣树、黄花菜间作差不多。不信，你把高粱和玉米种在一起试试？肯定是张飞不服诸葛亮，一个槽里搁不开俩叫驴！

枣树和榆树一样，其貌不扬，树皮粗黑，树干屈曲，质地却硬，是打家具、制作工艺品的上等材料。皮黑干曲，叶子却受看，卵圆形，表层像打了蜡，绿玉一般可人。花不大，却繁多，清香细细，悦人眼目，沁人心

脾，酿成蜜后，为花蜜之冠。麦收过后，枣花盛开，枝头缀满密集的小黄花，蜜蜂嗡嗡穿梭其间，阳光下仿佛黄绿色的云雾，幽幽清香透出很远，入夜，轻轻浮动在村庄的上空和人们的梦里。

八月十五枣儿红。最诱人的，莫过于打枣的场景了。打枣一般选择在早晨或早饭后，这时候的枣上还粘有点点露珠，特别清脆甘甜。男人们挥动木杆，妇女小孩们在树下拾枣。木杆动处，枣枝晃颤，枣落如雨点一般，落到人们的身上、头上。孩子们嬉笑着、打闹着，一边拾枣一边吃，大人们也吃，这叫“尝鲜”。尝鲜嘛，吃上几个就可以了。鲜枣虽然好吃，却不易消化，吃多了肚子会胀得难受的。

打下来的鲜枣，大部分用来晒成干枣。那些半青半红或模样不周正的，则制成醉枣。把鲜枣洗净、晾干，在白酒里逐个蘸一蘸，然后放进不用的暖瓶或瓦罐里，密封，等到过年时打开，这是那时候小孩们的最爱了。打开盖子，枣香、酒香细细逸出，一个个枣儿仿佛喝醉了酒，酡红着脸，咬一口，又脆又软，既香且甜，赛过如今的名吃“佛跳墙”。

晒成的干枣，过年时用来蒸枣窝窝、枣卷子、枣糕，而且还是妇女坐月子时的上等补品。来亲戚了，抓上一大把红枣，也是珍贵的待客上品。

就像公认的好人，一生屈曲，长时间压抑，压抑过后谁也没想到最终爆发歇斯底里一样。二十世纪九十年代吧，也不知怎么的，大批大批的枣树一两年之间忽然染上了“枣疯病”，树枝上簇生着浅黄色的细嫩枝叶，不开花，也不挂枣；而且传染极快，我家里的四五棵枣树相继发作。专家说，这是枣树病毒病，无药可治，只能连根刨掉。

没有办法，只能忍痛割爱，把院里得病的枣树一棵棵刨去，包括后院那棵比我年龄还长的歪脖老枣树。那棵老枣树，一年能结二三十斤大红枣呢。

村西南的那片枣林也难逃同样的命运。

枣树被刨掉后，望着被锯除的树枝，倒下的树干，以及那一个个大小不一的树坑，母亲坐在院里，一遍遍地喃喃自语：这是怎么着了？枣树得罪谁了？唉，这是命，都是命啊！

两滴老泪，顺着母亲布满皱纹的面颊，无声地滴落下来。

香椿芽

如果说枣树、榆树是乡村树种里的忠厚者，香椿树则称得上是谦谦君子。

君子者，狷介清正，洁身自好也。

香椿浅褐色笔直的树干，舒展挺立的枝条，虽称不上玉树临风，却也是北方树里的俊逸者了。

香椿木有一种特殊的清远的香气，不像檀木那样凝重，也不似枣木那般幽香，更不像榆木那样板正，而是一种细细的、持久的清香。香椿木做的菜墩、菜板，剁肉切菜，都会有若有若无的香椿细香渗透出来。做成的家具也是。香椿木的香气是中国独有的，典型的中国特色，许多外国人接受不了，关键是不习惯。我们这儿，谁家要是有一套香椿木的家具，哪怕是一个小小的菜墩，那绝对要刮目相看的。

其实说起来，香椿树最招人喜欢的，还是它的幼叶——香椿芽。香椿芽分红、绿两种，绿色的常见，红色的稀少。红色的香椿芽叶色紫红，油光可鉴，香气馥郁，是上品。香椿芽拌豆腐、香椿芽炒鸡蛋，是村里人待客的佳肴。吃不了的香椿芽，腌制起来，切成末，滴上香油，是佐餐、拌凉面的首选。清明前后的香椿芽，拃巴长，香味正，是鲜食的最佳季节。早了，味虽嫩，但青涩；晚了，节已成，味大减，尤其谷雨过后的香椿，节硬长，叶绵软，不复香椿的嫩香鲜脆，劲道倒是劲道了，但已是“绿叶成荫子满枝”般的熟透味道了。

不过，六七月份的盛夏，香椿叶吃起来还是别有一番风味的。夏至过后，喝凉面时，摘上一把香椿的鲜叶，剁成碎末，用作拌菜，佐以蒜泥，以我的体会，比腌香椿芽更胜一筹，更鲜、更香、更有香椿的成熟韵致。

香椿的君子之风就在它的特殊香气上，木质硬朗，枝条挺秀，幼芽馥郁，可远观而不可亵玩也。榆树招惹榆绿蓝金花虫，枣树不小心得枣疯病，香椿树基本上虫不袭、病不染，一生素素静静、平平安安。你接受我的脾性，尽管亲近，我来者不拒；你不适应，我也不迁就，敬而远之，相安无事。处世，我有我的原则，和则处，不和，咱井水不犯河水。

香椿的洁身自好，还表现在对污浊的决绝上。村里人都知道，香椿树见不得脏物，洗衣水、冲洗动物内脏的水泼下去，下水道的水粘上去，一次两次还能容忍，多了，香椿树立马就不跟你啰啰了——树叶发黄，树干枯瘦。而且是当年。

这样的清洁精神，让人肃然起敬。

家有梧桐树

家有梧桐树，引得凤凰来。

村里人种树，其实是很有讲究的。自家的宅院，前不栽桑，后不植柳，院里不种“鬼拍手”。桑即“丧”的谐音，柳是“溜”的双关。你想啊，走近一家院子，迎面栽着一两棵桑树，虽然叶能养蚕，葚果美味，但一下子想到丧事上去，谁的心情会好啊？好不容易攒点家财，却从后院“溜”了，好说不好听啊！至于“鬼拍手”则指的是杨树。杨树的叶子很张扬，见不得风，风一吹就哗啦哗啦地响，似人拍手一般。尤其在起风的夜里，杨树叶子哗哗作响，你能睡得安稳吗？小孩子能不容易受惊吓吗？

也有说“前不栽桑，后不栽杨”的，其实是同样道理。风中的杨树叶子老是在后窗“拍手”，能不让人心烦意乱吗？

家里或门前有棵梧桐树就不同了。生男孩后栽棵梧桐树，长大了好娶媳妇。梧桐对土地不挑拣，对水也没有香椿树那样的洁癖，不像榆树、枣树那样容易招惹虫害，不似杨树那么张扬，属于比较省事、比较好打发的那种类型。

而且梧桐长得很快，不几年就枝繁叶茂，撑起一片硕大的绿荫，供人们在其下谈天说地拉家常。

当然，长得快了，木质就相对松一些，软一些，轻一些，不能当檩作梁，却是做乐器的上好材料。

梧桐的花开得很低调，浅紫色，喇叭状，几乎没有什么香气，一点也不炫耀。花落到地上声响却有些大，大概是觉得花开时有些压抑吧？

梧桐对秋天很敏感。入秋后的清晨，走在梧桐树下，常常会有一两片梧桐叶子啪的一声落下来，声音很清晰，有点儿惊心的感觉。这时，村里人就会自言自语地说：入秋了，天凉喽。

一叶知秋。

一叶，指的就是梧桐的叶子。

石榴红似火

我喜欢石榴树。不仅我喜欢，村里人好像都喜欢，农家院里几乎没有不栽棵石榴树的。

石榴树一般都栽在窗前，占地不多，遮阴也不重，却赏心悦目。

五月石榴开花。一朵朵小喇叭状的花朵挂满枝头。橘红色的壳状花萼、鲜红色的花瓣开放在碧绿的叶子中间，热烈而喜庆，阳光下很是醒目和谐，把院子点缀得红红火火，一片生机。

这是石榴树最美丽的时刻。

花儿谢后，树下满地落红。石榴张着小嘴在绿叶间一天天膨大，赭黄中透着隐绿，之后慢慢红润起来，是秋色一点一点浸染的吧？

接近中秋的时候，缀满枝头的石榴一个个笑逐颜开，露出里面晶莹剔透的籽，一副陶醉而满足的表情，如同刚做了母亲的少妇。

这是石榴最幸福的时刻。

红红火火，多子多福，富贵满堂，拥有如此之多美好的寓意，石榴树，怎能不受村里人喜欢呢？

打茷谷

那时候，孩子们的春天是从打茷谷开始的。

清明前后，沟头河沿，漫洼地里，开始冒出一根根红尖绿身子、半拃长的杂草。这就是“谷茷”，茅草的幼芽。我们小时候叫它“茷谷”，也有叫“杠子”的。

茅草过去很常见，喜欢群生，一大片一大片的。这种草很顽固，生命力特强，烧不死，铲不尽，地下的茎根连绵不断，有的甚至长达一米多，“野火烧不尽，春风吹又生”。大人们很是头疼，却是我们这些小孩子的爱物。

我们这些小孩子们，是被大人撵出来拔野菜的。但野菜的魅力远远赶不上打茷谷的诱惑。拔着拔着野菜，脚步不自觉地就拐到茅草地里去了。

打茷谷一般在早饭后或太阳落山前。这个时候温度较低，湿润，茷谷容易“离骨”，不至于半截提断。手指捏住茷谷的上端，轻轻上提，茷谷缓缓离身，发出细微的叹息。一边提，一边嘴里还念念有词：茷谷茷谷你出来，你不出来我打你！或者是：茷谷谷茷，抽筋剥皮；今年吃了，来年

还你。念叨的话里半是吓唬，半是糊弄，有一成不变的，也有即兴发挥的，说给荻谷听，也愉悦自个儿。不过，即便是吓唬，也有一些不听话的荻谷，躲在里面就是不出来，或者出来半截，“啪”一声断了。我们也不在乎，反正荻谷多的是，扔掉，吐一口唾沫，再提别的。

不大一会儿，我们的小手里就攥满了荻谷。这时，我们坐下来，相互炫耀着手里的荻谷，慢慢剥着吃。先剥去外面的硬皮，露出里面嫩嫩的幼穗，放进嘴里，细嫩、脆软，有点甜，还有草的清香，真正的春天的味道。那个年代，我们没有什么零嘴可吃，但是荻谷，这大自然的礼物，上天的神赐，俯拾皆是，吃得我们满口生津，有滋有味，温暖丰盈着我们童年的时光，至今想起来，那种清香与滑嫩仍在齿间留存。

也许有人会说，荻谷都让你们这些小孩子打了，怎么再长茅草？放心，荻谷聪明着呢，绝不会一天两天都长出来，而是有先有后，有长有短。我们打荻谷的时候，太长的说明老了，嚼着跟棉花套子一般，谁也不去理会；太短的，你根本就打不出来。再说，荻谷不挡饿，不当饭，顶多就是吃着玩。荻谷一大片一大片的，你就是天天打也打不过来。过了那几天的新鲜劲，就是让我们打也不再打了。眨眼的工夫，荻谷的外皮一片片展开，幼穗抽出来，变成洁白的茅草花，迎风摇曳，好看得很呢。

后来，我们长大了，知道成语“如火如荼”的“荼”指的就是连片开放的茅草花。不过，好长时间里，我们不读“荼”，而读“茶”，甚至教我们的语文老师也读成“茶”，如火如“茶”什么什么的，很好玩。就是现在，我们形容什么轰轰烈烈的阵势，也常常开玩笑地说，真是“如火如茶”啊！说完，会心地一笑，生活的枯燥和沉重便轻松了许多。

荻谷，我们喜欢。荻谷长大了，变成茅草花，我们也喜欢。茅草的细长茎根，我们叫作“茅根”的，更是喜欢。夏天，我们割草时，渴了，就用镰刀或铲子剜出一小把茅根，洁白或黄白色，修长，一节一节的，用手捋去上面的泥土或在水沟里涮一涮，嚼着吃，汁水很旺，甜甜的，凉丝丝的，带回家煮水喝，治风寒感冒。

荻谷长大后，黄绿色的细剑般的叶子，长长的柔软蓬松的白絮，在风中摇曳着，煞是好看。以我的眼光去看，茅草不是兰草，胜似兰草，比兰草柔韧，比兰草泼辣。我不明白，古往今来，那么多画家一成不变地描绘弱不禁风林黛玉般的空谷幽兰，以喻君子风范，洁身自好，雅致变成了俗不可耐，为什么不去关注这些常见的、接地气的、生命力顽强的茅草或“荼”呢？

也许，什么时候，当茅草取代了兰草，成为画家笔下的所爱所钟，才会一扫萎靡庸俗之气，画风劲健、开阔，如火如荼了吧？

割 草

小时候，可能是品种的原因吧，也许是地力的关系，庄稼都不怎么高产，麦子一亩地也就是三四百斤。不然上级怎么一个劲地号召，小麦产量要“过黄河”“跨长江”呢？增产的目标不过是超过五百斤大关，最高达到六百斤以上就烧高香了。哪像现在，麦子亩产动不动就千斤以上。

庄稼长得一般，草却茂盛，一旦除铲不及时便盖过了庄稼。有时便纳了闷了，庄稼成天挂在心上，又是耪地又是浇水又是上肥的，比伺候孩子还上心，隔三岔五地不是招虫就是闹病，还不好好长，看看人家那些草们，姥姥不疼舅舅不爱的，迸个雨点就发芽，碰见坷垃也扎根，一棵棵一丛丛长得精精神神、结结实实。上哪里说理去啊？

纳闷归纳闷，别扭归别扭，庄稼，还得好好地伺候；草嘛，也得早早铲除。这个你不能犯别，世间就是这样安排的，你不管庄稼，到头来喝西北风去啊？

草虽然危害庄稼生长，却是猪、牛、羊离不开的饲料。我们割草，一半送到生产队里挣工分，一半留着给自家的猪羊。这样割草时就要选择那

些牛羊爱吃的。节节草、秫秫苗之类的，牛羊吃了容易拉稀，不能要；牛筋草、牤牛墩之流，枝叶硬儿巴倔的，牲口不爱吃；画眉草上小穗粒粒多，有一股怪怪的香气，牲口不爱闻。学名叫“马唐”，我们称作“抓地秧子”的草，牛羊最爱吃了，地里也最多，狗尾巴草、茅草、水稗等也受欢迎。

我们挎着篮子，拿着镰刀、铲子下地割草。割草的篮子，下面的条筐是半圆形的，扁的一边绑着“∩”形的半米多长的木棍弯成的提（背）手，圆形的一边系着根细绳，待草装满筐再往上一层层码高压实后，捆紧草系到背手顶部，然后背着回家。

割草，我们一般是按从远处往离家近的地方的顺序来。哪块地里长什么草，哪块地里草多，我们心里大致有数。草多宽阔的地方，我们用镰刀“扫”，“扫”一圈后再归拢成一堆。庄稼地里镰刀施展不开，只有用铲子铲或用手拔了。待草装满篮子，压了又压，都要超过背手顶部了，系好绳子，蹲下腰，用左肩膀背起篮子，镰刀柄放在右肩上，撑住背手，慢慢走回家去。有时草割得过多，蹲下几次都背不起来，连人带草篮子翻仰过去；就拿下一些来，捆好拎在手里，一歪一歪地往回走。夏天，背草篮子时，背上要披一块包袱皮，以防草扎得背疼，也隔潮气。那么热的天，时间一长，一大篮子草贴在脊背上，难免要起“痱子”的。

割草时间久了，是很枯燥的。最开心的，是割草时遇见“地谷拉”（地梢瓜）、酸泵（酸浆）之类的“水果草”了，既解渴又充饥。“地谷拉”的幼果，嫩绿色，纺锤形，咬一口，脆而清香，汁水满口。酸泵成熟了的果实，圆圆的，紫红色，外面罩着一层蓬松的黄白色的膜质，像一只只小灯笼，含在嘴里，滑滑的，酸溜溜、甜丝丝的。只可惜，这种遇见的机会不多，它们一般都躲在庄稼地深处，一棵两棵的，静静地耐心地等着我们，等着我们满脸汗水、一身疲惫后的惊喜，意外的惊喜。

大概，好东西就是这样吧？藏得很严，甚至秘不示人。碰见了，是你的运气和福气。

这也算得上是一种邂逅吧？

你得相信，生活中总会有“地谷拉”和“酸泵”之类的小小幸运和幸福，或早或晚地等着你。

当然了，如果割草时，在庄稼地里碰见了一棵甜瓜秧，一个甜瓜浑身散发着诱人的香气卧在那里，对我们来说，就不啻撞大运和过节一般欢喜了。

拧柳哨

打荻谷的同时，我们还忘不了到河边拧柳哨。

柳树亲水。这时候的柳树，“万条垂下绿丝绦”，还萌出了黄绿色的柳穗。娇嫩的柳穗及幼叶采下来，在开水里淖一淖，凉拌食之，去火开胃。这是大人的事。我们所关心的，是柳皮开始离骨，能拧柳哨吹着玩了。

折下一条相对光滑的柳枝，选取两叶之间没有骨节的部分，左手捏住

上端，右手自下端依次向上轻轻揉动旋转，使柳皮松动，然后抽出里面的骨条，捏扁上端口，用指甲剔去最外面的绿皮，露出黄绿色的内皮，同时舌头敲击上颚，发出“哒哒”的声音，据说这样能使柳哨更响亮。

柳哨做好后，将扁口的一端放在嘴里，先试探着吹一两下，待柳哨响声正常后，再或长或短地吹上一气。粗柳条做成的柳哨，声音粗犷、低沉、有力量。细枝拧成的柳哨，声音尖细，然而清脆。

高手做成的柳哨，一般都带着一两片嫩叶和柳穗，长且直，很好看，声调也变化多，这就要考验选取柳枝的目光和拧动柳皮的技巧了。一般骨节较大的柳条是不选的，很容易划破柳皮，前功尽弃。

我见过用粗大的柳条拧成的柳哨，半尺多长，拿在手里发沉，吹响很费劲，声音低沉厚重如牛吼一般。很羡慕，却望而生畏。

柳哨要去野外或河边现做现吹才有味道。我们头上戴着柳条圈，眯着眼睛，一人嘴里叼着一支柳哨，你吹一下，我吹一声，开心极了。

一只只柳哨，把春天吹响。

拾柴火

那时候，庄稼秸秆大部分都用来喂牲口了，除了棉花柴，很少用来烧火。家家户户的大锅台用来做饭的柴火，只能到地里捡拾了。

拾柴火，一是搂落叶，二是拾茬子。

搂落叶，就是在庄稼收获后，用竹筢子搂取散落在地面上的枯叶衰草，像豆叶、棉花叶、玉米叶啦，以及断枝枯草，连搂带拔带捡，归拢成一小堆一小堆的，装进草篮子里，背回家烧火。用竹筢子搂过的地里，基本上干干净净，竹筢子划过的痕迹清晰可辨。

拾茬子，就是用长杆铲子或镢头铲下或刨出庄稼遗留在地下的根系，我们那里叫“茬（zha）子”。麦茬子根浅一些，一般用长杆铲子双手推着铲下来。玉米、高粱茬子入土深，扎得牢，非用镢头刨不能解决问题。豆茬子，则用“老叨”一个个地“叨”下来。铲、刨下来的茬子要磕打、抖搂掉附着其上的泥土，晾上一上午，然后背或拉回家去。也有在犁地的时候，用小三叉把遗落的茬子翻拣出来的，这就属于捡漏了。

搂净了叶子，拾完了茬子，庄稼地里仿佛成了“卫生田”，枝叶无存，杂草无踪。那些年，庄稼的产量不高，多少也与枝叶、茬子被搂拾干净当柴烧了有关系。要知道，庄稼的枝叶、茬子残留在地里腐烂了，是很好的有机肥料，可以提高地力。

除了庄稼地里，沟头、河沿、路边等地方，也是拾柴火的好去处。

深秋过后，落叶满地。我们这些小伙伴们手拿长长的铁钎子，把一片一片落在地上的杨树叶“钉”起来，一边“钉”一边撸实。待铁钎子“钉”满杨叶后，撸下来再用麻线串成一大圈。这叫“串杨叶”。拿回家去，引火或烧火用。

冬天，我和爷爷挎着篮子，拿着铁锨、筢子，到沟头河沿去铲草。这时的草已经干枯，在寒风中瑟瑟抖动。爷爷在前面用铁锨贴着地皮铲，我在后面用筢子搂，一个上午或一个下午就能拾满两篮子草柴火呢。

跟着爷爷拾柴火，不累。歇着的时候，爷爷会从贴身的口袋里，拿出一个火烧或者掏出两块点心，让我喜出望外。爷爷一边看着我吃，一边抽着旱烟，缓缓地给我说着话。

爷爷说，这草啊，都是有灵性的，你不能把它们斩草除根。人没根了，活着没滋味；草没根了，会记恨人的。

爷爷说，人和庄稼一样不容易，一辈子五灾六难的。

爷爷说，什么活都得悠着干，太贪了不行。壮汉子活不过药罐子。

爷爷的这些话，我半懂不懂，但总是托着下巴看着爷爷，认真地听。

歇得差不多了，爷爷站起身来，拍拍身上的土，对我说：“小哎，该回家了。”

一老一少，背着满篮子的干草，一前一后走在初冬的乡路上。夕阳，把我们的影子拉得老长，像一幅剪影。

甜棒子秸

甜棒子秸，乃棒子（玉米）秸之异类也。

入秋后，大田里的棒子如同孕妇，身材粗壮，茎叶苍绿，略显慵懒，一副幸福而知足的神情。而其中零散的甜棒子秸依旧苗条秀挺，叶色鲜绿，“巧笑倩兮，美目盼兮”。

甜棒子秸一般不结穗，或者穗小而粒无，故此，糖分不去供应籽粒而滞留在茎秆中，如同甘蔗。

甜棒子秸得之不易，一块地里也就为数寥寥的几棵吧？对产量形不成影响，村里人乐意它的存在。在地里干活时，口渴了，就去棒子地里寻棵甜棒子秸来，坐在地头或树荫下，剥去叶子，掐头去尾后，一节节掰断，撕去外皮，啖而吮之。

那种情景，轻松而开心。

甜棒子秸，是整齐划一的棒子地里的小叛逆、小亮丽，无伤大雅，无碍大局，却是眼前一亮的小惊喜。

生活中，其实我们也多多少少期待或盼望着甜棒子秸的出现。

挖野菜

春天来了，挖野菜的季节到了。

那时候的野菜似乎特别多，婆婆丁（蒲公英）、马扎子棵（荠菜）、米蒿、茵陈、苦菜、灰菜、面条菜（麦瓶草）、碱蓬、扫帚苗、曲曲芽、刺儿菜（小蓟）、马生菜（马齿苋）、老牛舌头棵（车前草）、喝酒草（地黄）、老鸹坠坠（枸杞）、辣辣油（独行菜）、铁头棵（苋菜）、头头酸（酸蓼）……还有一些叫不上名字来的。

田间地头，沟边河沿，到处都有它们的身影。

与小麦一起返青的是米蒿，小麦的伴生杂草。幼苗匍匐生长，茎叶灰绿色，开水焯后凉拌，乃初春美食之一。小麦拔节后，米蒿也转为直立生长，高与麦齐，开小黄花。马扎子棵（荠菜）也是麦田杂草之一，深灰绿色，用其幼苗凉拌或包的饺子味道均属上乘，比米蒿味道要香，长大后开串状的小白花。面条菜（麦瓶草）也喜欢在麦田里生长，比米蒿晚，较荠菜早，可能因其叶形似面条而得名吧？花序如同圆锥形的水瓶，上开粉红色小花。近年来，面条菜的数量和名气大大超过了米蒿和荠菜，凉拌、蒸

食和包饺子无一不佳。

婆婆丁（蒲公英）则喜欢地边路旁和坡地，锯齿形的叶子匍地而生，中生两三条长长花梗，顶开黄花，后为白色圆形蓬松状，风一吹，散开飘飞如枚枚白色小伞。苦菜也开黄花，比蒲公英的花要小要多，茎叶也瘦弱一些，因电影《苦菜花》而声名大噪。

刺儿菜，我们又叫它“荠荠菜”，叶子较硬，边上密生细小的刺毛，摸上去有些扎手，开瓶状淡紫色红花，花朵有些像缩小了的线菊。刺儿菜的消炎效果很好，割草挖菜时不小心划破了手，我们一般先用芥菜麻茎秆的汁水止住血，再把刺儿菜揉碎了敷到伤口处止痛消炎。这样处理后一是好得快，二是伤口愈合后不留疤痕，效果堪比云南白药。

老牛舌头棵（车前草），可能是它的叶子有点像牛舌头吧，我们才这样叫它。不过，它的形状确实好看，尤其是向上挺立的长长的花梗花穗，很有些亭亭玉立的风姿。马生菜（马齿苋）也是因为它的叶子形似马齿而得名吧？茎叶肥厚光滑，焯水或蒸熟后仍有一种黏黏的感觉，吃了治拉肚子。

碱蓬棵、扫帚苗、曲曲芽等则喜欢长在盐碱地里，一丛丛、一片片的，比庄稼长得还旺。我们最喜欢曲曲芽了，拔回来拌上面蒸熟后蘸蒜泥吃，比过节还享受。有一种乍看形似曲曲芽的野菜，名叫“苦死驴”，从名字就可以听得出来，味道苦得连驴都撑不住，何况人吃了呢？不过，也很好区别，“苦死驴”的叶子边沿裂隙大，叶筋偏白，长得也比曲曲芽高大粗糙。其实，“苦死驴”就是苦味大一些，没什么毒性，混进来也不妨事，吃不死人的。

喝酒草（地黄）白紫色的长花筒摘下来，吮吸其基部，有一丝甜，有一丝淡淡的清香。野生枸杞的果实通红通红的，咬在嘴里甜甜的，我们叫它“老鸹坠坠”。不过，这两种野菜，大都长在坟地里，我们一般不去摘的。

大部分的野菜味道都有些苦、有些涩、有些寒，多吃无益，顶多就是尝尝鲜，当不得饭的。那个时候，我们挖的野菜，多数都用来喂猪了。

{鸟 虫}

草 虫

村里人说，有草就有虫。地上有多少种草，就有多少种虫。

这话，我信。

小时候割草时，遇见最多的虫就是蚂蚱了，土不溜秋的，一双大而无神的复眼，却甚为警觉，人未靠近就“忒”的一声飞远了。蚂蚱的大腿特别发达，弹跳能力极强，好不容易捉住一个，它奋力挣扎，尾部还挤出点点酱色的汁液弄脏你的手。我们也不饶过它，捏住它大腿的末端，让它一下一下地给我们“磕头”。它还真磕，如同道歉似的，也许是祈求我们快点把它放了吧？我们却不吃它那一套，知道它是害虫，专门祸害庄稼、蔬菜，等它头磕得差不多了，我们意兴阑珊了，就揪下它的头，掐断尾巴拽出肠子，用嘴从它的胸部直吹，吹得它的腹膜“噗噜噗噜”响。很好玩，也很残忍。

有一种叫作“扁担”的蚂蚱，我们甚为喜欢。头部尖细，身材修长，通体青绿，我们又叫它“憨大妮”。它不像蚂蚱那般警惕，呆头呆脑的。也许因为长相俊美而又听话吧，所以尽管也是害虫，我们捉住它后，却不

忍心把它大卸八块，只让它给我们磕上一小会儿头，就把它放了。得到自由的它，疑疑惑惑地朝我们望上一会儿，才慢慢爬走或飞远。

身材与“扁担”同样修长的还有螳螂，也是通身草绿，只不过头部像蛇，神情有点凛然，让我们不喜。我们一般不去招惹它，它也不怕我们。如今想来，螳螂真可算得上是草虫里的美女英雄了，如同梁山上的“一丈青”扈三娘，削肩细腰，风姿袅袅，却又威风八面，前足似两把利刃，足以让见到它的害虫不寒而栗，顿时酥了手脚。

入秋后，是逮“蝈蝈”的好季节，我们叫它“油子”。蝈蝈喜欢河滩地和豆子地，太阳越毒它叫得越欢实。蝈蝈的警觉和弹跳能力比蚂蚱更胜一筹，体色又接近豆叶色或土色，逮它要比蚂蚱费事。一般都是循着叫声而去，蹑手蹑脚地凑近，瞅准后，出手要快。蝈蝈的体型比蚂蚱粗壮，性情较为暴烈，很容易被它咬伤手指。逮住蝈蝈带回家，放入爷爷为我编制的高粱篾笼子里。蝈蝈对食物也不挑剔，豆叶、丝瓜花、白菜叶等几乎什么都吃。割草或拾柴回来，逗一逗挂在院里树枝下的蝈蝈，喂它一些吃食，看着它眼睛圆睁，双翅急速摩擦发出叫声，心情颇为惬意。

我们喜欢的草虫，还有瓢虫。那圆圆的、光滑的、红黄色的背壳让我们感到美丽而神秘，尤其是壳背上的七颗小黑点，仿佛星外来客；振翅而飞的样子，宛如飞碟划过。我们知道它是益虫，专食蜜虫（蚜虫），就常常从黄熟的麦穗上捉了来，先置入小瓶子里，再放到棉田中，这叫“以瓢治蚜”，那个年代上级大力提倡，学校也常常组织我们进行课外活动。我们呢，看着放入的一只只美丽的瓢虫在棉叶上爬动、飞行，高兴之余，觉得还能为农业做点小贡献，很有一种成就感。

蜻蜓，我们叫它“蜓蜓官”。圆圆的头部，透明的翅膀，长长的尾巴，自然也受我们喜欢。我们惊叹于它高超的飞翔本领，或在空中一动不动，或飞着飞着急转弯，或猛然直上直下，甚至猝不及防地掉头飞行，却总是那么轻盈、优美、自如。夏季傍晚时分，我们常常拿了大扫帚，跑着追逐捕捉它们。逮住后带回家去放到蚊帐里，让它吃蚊帐里残余的蚊子。但是失望得很，整整一夜，它在蚊帐里一动不动，第二天复如是。无奈何，我们只好把它放了。

我们喜欢的草虫，还有天牛、草蛉、知了等，大都身子修长，外形美观，悦目赏心。至于那些面目可憎乃至恶心的虫子，像黏虫、棉铃虫、臭大姐之类的，我们或以铲拍之、以脚踩之，或以火烧之、以药灭之，恨不得一夜之间将其赶尽杀绝。

都说是以貌取人，那时候，我们却常常以貌取“虫”。

秸了龟

在我们鲁西一带，通常把蝉的幼虫叫作“秸了龟”，也有叫“神仙”的。前一种叫法，是根据它的外形命名的：褐黄的颜色，溜圆的眼睛，缓慢蠕动着略显臃肿的身躯，像极了一只幼小的龟。后一种叫法，则含了敬畏的意思。老人们常常感叹：秸了（即蝉）在那么高的树上产子（即卵），落在地上，它们是怎么钻进土里去的呢？钻进去，在地下一待就是三四年，它吃什么呢？再说，它打那么深的洞，洞口竟没有一丝一毫的土，不像屎壳郎（蜣螂的俗称），窝不大，捣腾出的土成堆。光凭这一点，了不起！于是，其貌不扬的秸了龟在老人们眼里变得神秘起来，似乎还沾了一点仙气。

秸了龟开始出土是在麦收前后，大量出土则是在夏至以后，以晴天的傍晚为最。秸了龟出土前，一般先在地皮上戳出一绿豆粒大小的圆孔，然后静静等待傍晚的来临。有经验的孩子看到这些圆孔便会心地一笑，蹲下来，顺圆孔拨去周围薄薄的土皮，便望见洞内蠢蠢欲动的秸了龟了。这时却不可性急，只需找一根细细的草棍，小心地顺洞探下去，那秸了龟便会顺着草棍乖乖地爬上来；如果直接用手去抠，秸了龟反而受惊缩回洞去，让人徒呼奈何。这种逮秸了龟的方法兴味盎然，是孩子们的拿手好戏；大人们则不屑为之，嫌费事。大人们通常早早地吃了晚饭，拿着手电筒，到树多的地方去捉。天一黑，秸了龟们便耐不住性子，纷纷从洞里钻出来，有的顺着树干爬，有的就着草叶爬。这小东西十分怕光，只要被手电筒的光罩住，便一动不动，乖乖成为人们的“囊中之物”。在树多的河岸上，大人们一晚上要捉上百只，甚至几百只之多。有时，当人们在院中乘凉时，莽撞的秸了龟会不知不觉爬到人的脚面或腿上来，那真是捉来全不费工夫了。

捉来的秸了龟要先放在清水里冲洗，洗净后再投入盐水中腌渍，腌渍的天数可长可短。等哪天家里来了客人，便捞出来，沥干盐水，烧热油，将几十只秸了龟倾入油中，只听一阵“吱吱啦啦”的声音，不一会儿，秸了龟被炸成了金黄色，捞出盛入盘中，一道色香味俱佳的油炸秸了龟便做成了。油炸秸了龟黄中透红，酥里带软，咬一口，满齿溢香！村里人待客讲究实惠，不像城里人那么烦琐。关键是那种环境，那种气氛！你想想，宽敞的院子里，树荫下，小桌子一支，小板凳那么一放，端上一盘油炸秸了龟，一盘炒鸡蛋，小酒杯一端，大蒲扇一摇，真乃神仙也！那种感觉是城里人绝对想象不出来的。

前几年，“油炸秸了龟”还只是农村招待客人的下酒菜；如今，也堂而皇之地登上了城市大饭店的餐桌，菜名曰“炸金蝉”。

鸟 儿

似曾相识燕归来。

有多少年没有见到燕子垒窝了?

记得小时候，老家北屋的房梁下住着一窝燕子。那时候村里大都是土木结构或砖木结构的房子，房顶由木梁、木檩、木椽、苇箔、泥土等组成，房门也常开着，便于燕子垒窝。燕子窝一般垒在梁檩之间，由一个个小泥蛋紧密粘连在一起，当然也有些许杂草，形状像个小泥簸箕。垒窝其间，两只燕子衔着泥蛋、草须飞进飞出，把泥蛋混合着唾液渐次衔接紧实，里面再弄些杂草，不几天的工夫就垒成了，尽管外部稍显粗糙，然而很结实耐用。燕窝垒成后，一双燕子便在里面生儿育女，其乐融融。

燕子垒窝也是有选择的。按村里人的说法，脾性好、人性好的人家燕子才肯做窝。想想也是，这户人家动不动就摔盆子打碗，鸡飞狗跳的，住进来的燕子能清静吗?

燕子也着实招人喜欢，通体干净，像个绅士；呢喃软语，如同淑女；飞翔轻盈，仿佛舞者。而且，燕子不祸害庄稼，专抓小虫子，口碑甚好。

燕子的到来，带来了柳丝，带来了明媚，带来了春天，村里人称它是吉祥鸟，一点都不过分。

与燕子同样吉祥的还有喜鹊，我们叫它“野雀”。一身黑衣，腹部间白，洒脱优雅，通风报喜。一大早，谁家院子里的树上如果有喜鹊“喳喳”叫着，这家人一整天喜上眉梢。“喜鹊叫，好事到”，村里人不图别的，一大早图个吉祥呗。喜鹊多在杨树杈做巢，看似杂乱无序，实则极有章法，而且相当牢固，抗风能力连人类都叹为观止。北京的鸟巢建筑，就是受了喜鹊窝的启发吧？让我们这些小孩子百思不得其解的是，喜鹊窝最初的一两根树杈，是怎样搭上去而不被风吹落的呢？问大人，大人也一脸茫然，说不出个子丑寅卯来。

与喜鹊相对的，是我们称作“老鸹”的乌鸦，通体皆黑，只不过羽毛缺少光泽，神态有些猥琐，叫声并非“喳喳”而是“啊啊”，有些瘆人不拉的。哪家有丧事，老鸹就停在这家院子里的树上，一声声“啊，啊”地

叫着，村里人都叫它“报丧鸟”，极不待见，遇见了就用坷垃投掷驱赶。据说，听到乌鸦叫，一天心里都不清净。怪不得，人们都把说话不好听的人叫作“乌鸦嘴”呢。

让人感到不可思议的是啄木鸟，我们叫它“参哒母子”，长相有些凌厉，双爪牢牢抓住树身，长长的尖利的嘴不停地啄击树干，发出“笃笃笃”的敲打声，一下下传得很远。我们望着它小巧玲珑的头部，心想，这样敲下去，它不会得脑震荡吧？

最活跃的，则是那些随处可见的麻雀，叽叽喳喳，扑扑棱棱，乱飞乱撞，也不怕人，有时一边在地上觅食，一边瞅人，轰跑了，过一会儿又来了。不过，这些小家伙们气性特别大，我们偶尔捉住一只，想放在笼子里养着，没想到它在笼子里一刻也不消停，一个劲地撞击笼壁，直到头破血流，奄奄一息。从此我们知道了，麻雀这家伙野惯了，养不得，由此竟对它生出一丝敬畏之感。

村里的这些鸟儿，尽管性情各异，却互不干扰，和谐相处。褒贬是人们的事儿，它们毫不领情，也不屑知晓。它们不远谋，不讨论，不折腾，不装模作样，不讲排场，不虚与委蛇，不心比身还累。天空和树上，是它们自由的空间，它们自在飞翔，随遇而安，自得其乐。

人，有时活得还真不如一只鸟儿。

屎壳郎

对于屎壳郎（蜣螂），村里人始终抱有固执的偏见。仅从一些民间歇后语里便可见一斑。比如：

屎壳郎戴花——臭美；

屎壳郎打喷嚏——满嘴喷粪；

屎壳郎过门坎——蹲腚栽脸；

屎壳郎搬家——滚蛋；

……

这些凡是牵扯到屎壳郎的歇后语，无一不充满了嘲讽和贬义，由此可见成见之深。

我想，村里人之所以对屎壳郎印象不佳，无非有这么两个原因。首先是形象问题，黑不溜秋，脏儿吧唧，畏畏缩缩。其次是行为方面，混迹于屎尿之间，以滚粪球为主业，追腥逐臭，且乐此不疲，为正人君子所不齿。

偏见一旦形成，是不容易改变的。

其实，平心而论，屎壳郎扮演的是“世间清道夫”的角色，把散落在庭院、道路上的动物粪便，混之以泥土，团成球，拖回洞穴，从而达到清洁环境的效果。

那些年，在老家常常可以看到，路边、庭院角落处一小堆一小堆的圆锥形的新鲜土粒，土堆附近，一个或数个乒乓球大小的粪团在缓缓移动，这是屎壳郎们在托运它们的食粮。托运的过程很有意思，有单独“作战”的，一个屎壳郎头朝后倒转身子，两只后爪有条不紊地推动着粪球；有互相合作的，一只在后面蹬，另一只在前面拖。每个粪球都要比屎壳郎大好几倍，而屎壳郎们不慌不忙，简直是优哉游哉，一点也看不出费劲来。

屎壳郎滚粪球一般选择在早晨或太阳温度升高之前，这有利于粪球的“保鲜”。阳光强烈或温度升高，粪球一是容易开裂，二是易于变质。在这方面，屎壳郎的“智商”是相当高的。

看过一篇报道，说是太平洋上的一个岛国，牛羊成群，排泄的粪便遍及草原，牧人一筹莫展。科学家们见到后，从国外引进了一大批屎壳郎，放置在草原上。时日无多，经过屎壳郎们的辛勤劳作，草原上堆积的牛羊粪便消失殆尽，空气焕然一新，牧民们笑逐颜开。甚至有人提议要给引进的屎壳郎们颁发勋章，鉴于屎壳郎们登不得大雅之堂，此事也就搁置作罢了。

由此可见，其貌不扬的屎壳郎在清洁粪污、改善环境方面堪称得天独厚，那个“羊背上的国家”欲给它们颁发环保贡献奖章，想来也不过分。

只是在那时候的村里，动物粪便无多，“庄稼一枝花，全靠粪当家”，村民们拾粪肥田还不够呢，屎壳郎们又来横插一耙子，给村民们留下的印象能好吗？

屎壳郎还有一个习惯，喜欢傍晚出来活动，嗡嗡嗡地哆嗦着小短翅膀，专往有人乘凉的地方飞，有时还会莽撞地落到院里的饭桌上，让人不胜其烦。这时，村人往往会用大蒲扇狠狠地把瞎飞乱撞的屎壳郎扇到一边去，被扇飞的屎壳郎啪的一下摔在地上，有的险些成了脑震荡，有的不明就里，仰面躺在地上有气无力地挣扎。

没眼色。这是村人对屎壳郎的又一评价。

近些年，随着村里机械化的普及，牲畜少得可怜，加之路面硬化，院内也逐渐砖化，屎壳郎缺少了活动空间和食物来源，近乎绝迹了。

夏天，村民们在街头、院中乘凉时，有时会丢上一句，哎，怎么看不见屎壳郎了啊？说完，长长地打了一个哈欠。

旁边的人会接上一句：你嘴张那么大干什么？小心飞进屎壳郎去！

一伙人都笑了。

{吃 喝}

棒子糊涂

要饱还是家常饭，要暖还是粗布衣。

这句老俗话，不到一定的年龄是不能充分体会的。

从小吃五谷杂粮长大，养成了一个平和低贱的胃，习惯了五谷的味道和杂粮的品性，偶尔换了口味觉得新鲜，时间一长胃就不舒服。打拼了半生，走过南，闯过北，所谓的山珍海味、南北菜系，乃至西餐，也多少品尝了一些，可聊作谈资。但每次出差超过三天，便会想念家乡的饭菜，为此不惜脚力，满大街寻觅家乡的滋味，哪怕仅仅是一小碗小米粥，一盆白菜炖粉条，也会喜出望外。回到家中，第一件事就是熬上一锅玉米面粥，热热地喝下去，顿觉热汗流出，胃里被充溢得平平展展，每个汗毛孔都透出舒服熨帖来。

这，也许就是家常饭的滋味和魅力吧？

玉米面粥，在我们老家习惯上称作“棒子糊涂（du）”。虽然我是农校毕业的，但至今仍然不习惯把“棒子”叫作玉米，也许是和小名一样叫顺嘴了吧，乡音难改。小时候，早晚两顿饭都是喝棒子糊涂，参加工作了也是如此。胃，与棒子糊涂结下了不解之缘。

棒子面，以当年新打下来的棒子磨成的面为上，田野的气息和浓郁的棒子清香尽在其中。过了年的陈棒子面，味道就不那么纯正了，越放味道越发乏善可陈。而且，生长期短的棒子，我们称作“稙棒子”的，磨出来的面金黄色，香味浓。这种“稙棒子”籽粒圆融，有光泽，硬度也大，只是产量偏低，近年来逐渐被产量高的、我们叫作“大马牙”的杂交品种替代了。这种“大马牙”棒子粒扁、锤大，磨出来的面发白、发散，几乎没有香味，熬出来的白粥发澥，寡寡淡淡的。毕竟，对于村里人来说，高产还是放在第一位的，至于好喝不好喝，将就着来吧。

棒子面，以老石磨磨出来的为佳，颗粒偏粗，且大小不匀，粒与面混杂。机器磨出来的就差些，都是面，太细，几乎见不到小颗粒。前一种，我们叫“棒子糁子”，后一种才叫“棒子面”。这些年，村里的石磨几近绝迹，就是有，人们也不愿费那个力气了。

熬棒子糊涂其实很简单，把棒子面放进碗里，加适量水搅成糊状，待锅里的水开后倒入锅中，搅和均匀，开后改为小火慢熬。这个熬字是很有讲究的。俗话说“心急喝不了热糊涂”，你得有耐心，不断地掀开锅盖搅和，让水和棒子面充分地、亲密地慢慢融合，熬得不稠不稀，熬出香味来，还得防止“淤锅”和“糊底”。一般来说，熬得次数多了，也就有了经验，就能掌握好火候和时间。这要靠个人把握，有些事只能意会，不可言传，教的曲唱不得。

棒子糊涂熬好后，最好用大碗盛着喝才过瘾，当今流行的小碗没意思，用手缓缓转着碗“吸溜吸溜”地喝，老咸菜淋上香油就着喝更有味道。当然也有嫌就着咸菜喝遮掩糊涂香味的，全凭个人习惯。一大碗糊涂喝下去，头上微汗胃里暖，浑身通泰，那真叫一个舒服！

当下流行养生，今天专家这样说，明天教授又那样讲，很多观点都在打架，弄得人们不知听谁的好。窃以为，所谓的养生就是顺其自然，保持平和，保持适度，什么事都是过犹不及，太讲究了反而心态失衡。心态平衡，百病莫侵，该吃吃，该喝喝，遇事莫往心里搁，我想，这应该是最好的养生之道吧？

俗话说，“白菜豆腐保平安”。我的体会是，五谷杂粮保健康，尤其是喝棒子糊涂。

糊涂养人。家常饭，粗布衣，知冷知热结发妻。几百年，上千年，一辈子的人都是这样过来的。

有些事上，还是“难得糊涂”一些好。

崩棒子花

那个年月，村里小孩子们的零嘴少得可怜。“二月二”的料豆，节后被大人们放进瓶子里锁到箱子里，除非来了客人才可以沾光吃一点。过年走亲戚剩下的点心还不够塞牙缝的。中秋的醉枣要放到过年时才能吃。头疼脑热地闹点小病了，大人才会从供销社里买点伊拉克蜜枣之类的安慰一下，但你不能天天生病啊。再说，地里的野果野花我们也吃絮了，很难再引起我们的兴趣。

这时，我们最盼望的，就是崩棒子花的进村来了。

印象中，经常来我们村崩棒子花的是一个老头。他推着一辆独轮车，

上面放着风箱、炭盆和手摇旋转炉等。一进村，老头就大声吆喝：崩棒子花的来了！崩棒子花的来了！快来崩棒子花啊！一听到老头的吆喝，我们便飞快地跑出去，看着老头在隅首南边的大槐树下支好摊子，点燃炭火，然后再跑回家，缠磨着大人从大缸里舀出一茶缸棒子，屁颠屁颠地端着，来到老头跟前。

老头的身边已经站着几个孩子，端着茶缸子或碗排队。老头左手不紧不慢地拉着风箱，右手旋转着炉子的手柄，嘴里吧嗒着旱烟。炭火红红的，把葫芦似的转炉熏得黑乎乎的。棒子粒在转炉里发出哗啦哗啦的声响，勾引着我们肚里的"馋虫"。一会儿的工夫，老头看看手柄上方的炉表，说到时候了。接着，把转炉的前端放进地上的大口袋里，用钳子打开前口，喊一声：响喽！我们赶紧捂住耳朵，只听"嘭"的一声炸响，炉子里的棒子花随着气浪冲将出来，把大口袋胀得鼓鼓的，一会儿又瘪下去。顿时，一股浓烈的棒子花的香味弥漫开来。

崩好的棒子花雪白雪白，下端带着棒子粒皮的金黄，硬中带软，吃在嘴里，香气四溢，又微微带着一点甜。不过，我还是喜欢那些未完全崩开的棒子花，更香，更有嚼头。

我们端着一小筐玉米花，一边吃，一边往家走。

时隔多年，我始终忘不了的，除了棒子花的香甜，还有棒子花崩好之后那一声"嘭"的炸响。那一声炸响里，爆满了儿时的欢乐，也很提精神。

忘了说了，崩棒子花是那时我们村里的叫法，现在流行叫"爆米花"。原料主要是棒子（玉米），大米也行，还有往里面加点糖精的。

不过，我不喜欢加糖精，加了糖精，棒子花的香味多多少少被遮掩了，不再那么纯正。

冰　糕

那时候，二十世纪八十年代前期吧，麦收过后，在我们村街头，还有田间大路上，常常出现卖冰糕的小伙子的身影。

他们骑着半新不旧的自行车，车后座上驮着一个白木头箱子，箱子外面喷着两个红字“冰糕”，一边骑一边喊：冰糕，冰糕，卖冰糕的来了，县副食厂的冰糕！

那时，村里人能吃得上的冷饮也就是冰糕了。那个时候的冰糕绝对是冷冻的，梆梆硬，长方形，中间略凸起，外面裹着一层印了红色或绿色简易图案的纸。

那时候造冰糕的原料也简单，自来水中加入适量白糖，可能也有加糖精的，然后冷冻成冰糕的形状就可以了。因此，价钱也便宜，记得是三分钱一块吧？

卖冰糕的来到村里，不多时便被大人孩子们围住。买了冰糕的孩子小心地揭去外面的包装纸，却不扔掉，搁在口袋里一张张地攒着，右手捏着冰糕右下角的细木棒，先放在鼻子下闻一闻，再从冰糕顶部一点点地舔，

或者把冰糕倒过来，顶部放进嘴里轻轻吮吸。好东西是要慢慢享受的，孩子们都懂得这一点。孩子们享受的，是冰糕从嘴里到肚子里那种细细的、舒服的凉。等到舔吸得差不多了，甜度变淡，冰块几乎要在细木棒上松动的时候，才恋恋不舍地放进嘴里大口咀嚼，发出咯嘣咯嘣的声音，同时丝丝哈哈地吸气。剩下的细木棒也舍不得扔，攒着，攒多了，玩游戏用。

冰糕，不仅孩子们爱吃，大人们也爱吃。在地里干活时，看见卖冰糕的来了，远远地招招手，买上六分或者一毛钱的，坐在地头树荫下一口气吃下去，透心凉，还解渴，再干起活来自然带劲多了。

现在的冰糕都不叫冰糕了，叫雪糕，造型精致、别致，奶油或巧克力裹身，外套华丽的密封塑料包装，卧在冰柜里，养尊处优。吃一口，黏黏的，腻腻的，不复冰糕的清透、清爽和清凉。

噢，还有一点忘了说了，那时候，冰糕箱子一打开，掀开上面包裹着冰糕的棉被，会有丝丝白气溢出来。

还有，那时候，村里都是土路，卖冰糕的自行车一路骑过来，后座上面的白木箱子，时不时要颠簸出“咔嗒咔嗒”的声音。这声音，村里的孩子们都熟悉，至今还响在记忆里。

听说，近年来，那时候的冰糕又被商家重新推出了，以迎合人们的怀旧心理。不过，我没有见到。事过境迁，物是人非，还是留在记忆中为好吧！

炒料豆

炒黄豆，在我们老家叫“料豆”。“二月二，龙抬头”这天，家家户户都炒。

我们这儿炒料豆，并非把黄豆直接放进锅里干炒，而是把沙土和黄豆搁在一起炒。炒料豆用的沙土，出自村西北角的金牛山下，沙粒均匀且比一般沙土略粗，村里人都叫它“神沙”，炒热后装到布袋里，贴在小孩肚脐上，治疗小孩子拉肚子，半天见好，屡试不爽。

炒料豆的前几天，先把沙土带回家去晒干，过了筛子又过箩，拣出里面的硬块和杂物备用。黄豆呢，也要先在盐水里浸泡，捞出来晾透。炒料豆一般用大锅，一人烧火，一人翻炒。点着火，把锅反复抹干净，待锅干后，放入沙土和黄豆，用木铲反复搅和，使黄豆和沙土受热均匀。我想，我们这儿之所以用沙土炒黄豆，很大程度上是因为沙土导热快，靠沙土把豆粒慢慢烙熟，从而避免了干炒容易造成受热不匀、豆粒发黑发糊的情况发生。

用我们这儿的“神沙”炒出来的料豆，颜色微黄，既保持了纯正的黄豆香味，又带有沙土的干爽之气，而且耐贮存。炒好的料豆凉透后，装到瓶子里密封好，放到来年的春节也不变味。平时来了亲戚，我们也总是从瓶子里倒出一把料豆来招待客人，大人孩子都喜欢。

这些年来，我吃过形形色色的料豆，有干炒的，有油炸的；有五香的，有放糖的，但总觉得不如我们老家的“神沙”料豆味道纯正，那可是地地道道、原汁原味的绿色食品啊。

炊 烟

如果有人问我，什么最能代表乡愁？我会毫不犹豫地回答：炊烟。

当然，也有说是水井、坑塘的，甚至是麦秸垛、石磙的。各人的印象、感受不一，回答也就见仁见智。

老家是有一种味道的，走进村庄就能闻到，熟悉而亲切，经年不变，融入血液，刻进记忆。而这种味道是什么，一下子又难以说清。这种味道是一种感觉，一种感受，一种感情，只能自己体会，而不可言传。

这种味道里面，炊烟占了很大的比例。

小时候放学或割草回家，未进家门，就会望见家里饭屋房顶的灶筒（烟筒）里飘出的炊烟，灰白色或黄白色，无风时向上飘散，有风时在屋顶上左右飘散或四散开来。炊烟里带着柴草的气息，隐隐还有食物的味道。进了家门，一股股炊烟从敞开的饭屋门上方飘出来，顺着屋顶上升散开。屋里也是烟雾缭绕，母亲坐在灶前的小板凳上烧火，灶火或明或暗，映着母亲头上为遮尘蒙着的灰毛巾。

在外求学甚至参加工作后，每次回老家，接近村庄时，看见村庄上空

飘着或浓或淡、或长或短的炊烟，都会有一种“近乡情更怯”的感觉。有一年冬季，我骑车回家，走到村北干渠的大桥上时，正是夕阳西下。我在桥上停住车子，望着老家屋顶、树梢间飘着的炊烟出神。没有一丝风，炊烟在屋顶上袅袅上升，像一缕缕白云，被夕阳略显黯淡的光线映着，安静而安详。

那时，家家户户都盘着大锅台，除了少量燃煤外，大部分都是烧柴火。柴火燃烧的气息多年来氤氲在村庄上空和周围，成为老家的另一种语言，就像庄稼的气息一样。

大锅台上的铁锅熬成的玉米糊涂（粥）、小米粥，黏糊糊、香喷喷的，喝到胃里特别的熨帖；铝锅就不行，任你再精心熬制，也出不来那个味道。还有，大铁锅熬的菜、炖的肉、熥的干粮，也别有一番风味，小锅始终熬炖不出那种特殊的滋味和感觉来。许多人都怀念大锅，不是没有道理。

大锅做出来的饭菜好吃，我想是与草木气息充分相融的。大锅台依地而盘，接地气。烧的是柴火，熥干粮用的是木制锅梁子，锅篦子是用高粱莛子串的，锅盖也是木制的。五谷杂粮在蒸、煮、炒的过程中散发的气息与之一脉相承、息息相通、融为一体，想不好吃都难呐。

每当锅盖掀开，蒸汽弥漫开来，扑面而来的是那种亲切而熟悉的五谷香味，让我难以释怀。

老家的饭，我吃得特别香；老家的夜晚，我睡得特别实。

老家的炊烟，是我一生铭刻在心的乡愁。

地瓜干

那几年，村里地瓜种得特别多，产量也高，家家户户都会分上一大堆。

这些地瓜大部分被切制成地瓜干了，剩下的存到地窨子里。

切地瓜干，并非用菜刀直接切，那样速度太慢；而是用一种自制的切刀，固定在木板上，将地瓜放在切刀处，左手扶住，右手转动推杆，一下一下，将地瓜推向切刀，形成薄片，落入下面的篮子里。

地瓜切成片后，要及时将其拔到房顶上，一片片摊开，晒干。地瓜切片一般都选在晴天的早晨进行，太阳暴晒两三天后成为地瓜干，如果晾晒不及时或赶上阴雨天，很容易“捂”了，产生霉变。

晒地瓜的场面很是壮观。我们那儿都是平屋顶，那时节，家家户户的房顶上都摊满了白花花的地瓜干，阳光下蔓延开来，成为一道广阔的风景。

地瓜干晒好后，收集到瓦缸里存着过冬用。有时来客人了，也用地瓜干换酒喝。

记忆中，那时候整整一个冬天和来年的春天，早晚两顿饭，我们都在喝地瓜干糊涂（粥），就是把地瓜干掰成小片，放入水中，熬成瓜干棒子（玉米）面粥。一天两天是美味，一个月两个月还可以，如果大半年天天喝，干粮又是棒子面窝头和熟地瓜，最后就跟喝药差不多了。地瓜这东西，虽然营养丰富，但不易消化，吃多了烧心（胃灼热），胃里冒酸水。但那个时候穷啊，白面只能过节时改善生活，棒子面窝窝是一年到头的主食，棒子面糊涂是一成不变的汤食，你再不愿吃，也得硬着头皮吃下去，“人是铁，饭是钢，一顿不吃饿得慌”。况且，那个年代的冬天，也没有别的主食可替代啊。

顿顿窝头，餐餐地瓜，吃得我们嗝气时都有一股酸水味，胃里也时常胀得难受，放出来的屁特别酸臭难闻。

也许是小时候吃地瓜吃伤了的缘故吧，如今一看到地瓜就烧心（胃灼热），就泛酸水，烤地瓜的香味再诱人，我也毫不动心。什么炸薯片、地瓜脯之类，我也通通不感冒。

再好的东西，吃长了，吃多了，也会味同嚼蜡。如同把一个天仙娶回家来，晨夕相对，朝朝暮暮，也会产生审美疲劳一样。

喝面汤

喝面条，在我们村里叫“喝面汤”。一字之差，意义也就不尽相同。喝面条，以面为主；喝面汤，汤占了很大成分。

那时候村里没有机器面条，全部是手擀。擀面条，可以考验一个农村妇女的利落程度。手脚麻利的主妇，把面皮擀得又平、又匀、又薄，还劲道。手里欠把火的，面擀得皱皱巴巴，不是薄了就是厚了，还把面醭抖落一身一地。

手擀面的最大特点，就是在面条擀、切的过程中，沾上了适量的面醭，煮出来的汤有些发浑、发黏，不像机器面条，干干净净顺顺溜溜，煮熟后的汤不是清水胜似清水，堪称清汤寡水。

盛碗的时候也有讲究。喝面条，面条占了碗的大半部分，汤是象征性的，顶多浇上多半勺。喝面汤，则是面、汤各半，汤要没过面条。

喝面条时，基本是先吃完面，再喝几口汤。喝面汤，则是吃两口面，喝一口汤，原汤化原食，汤汤面面均匀融合，一碗喝下去，既不容易撑住，胃又舒服。

喝面汤，当然也需要浇头。浇头没有城里那么讲究，什么炸酱啦，打卤啦，肉丝啦，当然，也讲究不起。我印象最深的，是葱花盐浇头。先把葱花、盐放在碗里，锅里的水烧开后，舀出一锅勺来浇在葱花、盐上，再淋上棉油。喝面汤时，把浇头舀到各人碗里，顿时香味扑鼻。这种葱花盐浇头，简单省事，然而却别有风味。葱花、大盐、棉油，让开水那么一沏、一烫，各自的味道发挥到极致。那种香咸的味道，至今令我想念。

老家的面汤，养胃又养人，只是擀面的人辛苦些。我姥娘、母亲都是做面汤的巧手，只是姥娘已作古多年，母亲也年事已高，擀不动面了。

面汤虽自爱，今人多不擀。如今村里的年轻一代，有几人还愿意下厨房擀面条呢？机器面、方便面，大多怎么省事怎么来了。

什么时候，能再喝上一碗老家的面汤呢？

饹馇

从前，家家户户蒸干粮都用大锅。

大锅蒸的干粮，饼子也好，馍馍（馒头）也罢，贴着锅边的一侧，都会被烙出焦黄的硬壳。这层硬壳，我们称之为“饹馇”。

这层硬壳，不是梆梆硬，而是硬中带一些软，类似火烤的颜色，黄中带点糊黑，有粮食的清香之气，又有烙烤的糊香之味。

带饹馇的干粮我们都爱吃，都抢着吃。

正儿八经的干粮，尤其是反复熥的干粮，我们吃惯了，吃絮了，偶尔吃上一顿带饹馇的干粮，觉得特别幸福，不啻过节。

而且，带饹馇的干粮，刚蒸出来的第一顿好吃，熥过之后就变软，没有那种味道了。

又不是天天蒸干粮。

我们特别珍惜。

村里有句老话，叫“吃干粮吃锅边，娶媳妇娶老三”，想想，还真有道理。

只是如今，村里的大锅已多年弃之不用，落寞积尘。家家户户都买馍馍。买的馍馍，白、软、好看，却不带饹馇。

想念带饹馇的、香气馥郁、才出锅的干粮。寻之不得，故记之。

凉　面

夏至这天，我们村里，家家户户都喝凉面。

这是一种习俗，不仅我们村，别的村也这样。延续几百年了吧？具体的时间，我说不准。

麦过完了，用刚打下来的麦子犒劳一下自己和家人，也有庆贺的意味在里面。再说，天也渐渐大热了，喝一碗凉面，也驱驱暑热，身心凉爽一下子。

面，是母亲亲手擀的，厚薄适中，关键是劲道，而且切得要稍宽一些。

面，在大铁锅里煮熟后，要捞到凉水里过一两遍。这过面的水，水缸贮存的不行，最好是水井里现提上来的或压水井里现压上来的，我们叫它“井拔凉水”，新鲜、清爽但不冰凉。然后捞到大碗里，放上拌菜或浇头。

拌面条的菜，村里人不大讲究，但分量要大要足。黄瓜切成丝，用盐、酱油、醋在大盆里调匀，捣上一碗鲜蒜泥；讲究些的，把腌制的香椿芽切成末，把腌红萝卜切成丁，当然，还要有麻汁。

很少有用浇头的。加上酱，弄上一大碗水烹鸡蛋当浇头，算是上等人家了。

喝凉面，喝得是一个痛快，一个舒心。你想啊，从田里施肥或锄草回来，在当院树荫里抹把脸，擦干身上的汗水，坐在大马扎或小板凳上，手捧一大碗“井拔凉水”过了的面条，拌上碧绿的黄瓜丝、鲜红的萝卜丁、黄褐色的香椿芽末，再浇上两汤勺蒜泥、麻汁，扑噜扑噜喝得山响。面凉，蒜辣，瓜丝脆，麻汁黏，还有萝卜丁、香椿芽末的咸和香，五色杂陈，五味俱全，喝下去，暑意顿消，那叫一个酣畅，过瘾！

喝完面，最好再喝上一碗锅里的热汤，“原汤化原食”。手擀面的汤浓，不像机器面的清汤寡水，喝一碗下去，胃里烫烫的，熨帖、平和。村子里的养生方法，不在于补，而在于和合。

喝过某地的名吃“十香凉面”，光拌菜和浇头就有十好几种，盘盘碟碟碗碗一大桌子，而面仅为一小碗。有点过于讲究，乃至舍本逐末了。吃起来很绅士，很拘谨，放不开。倒是开眼界了，但总觉得不如家乡的凉面来得实惠，来得痛快，来得过瘾。

走南闯北几十年，我还是想念家乡的凉面。大树下，井拔凉水，大碗面，大碗菜，“大大的麻汁大大的蒜”……

零 嘴

零嘴，恐怕是每个孩子的最爱了。从古至今，有哪个小孩子不愿意吃零嘴呢？反正，我没听说过。

关键是那个时候零嘴少啊，家家户户日子过得又紧巴，如果你是小孩子嘴又馋的话，只好自己想办法了。

其实也难不住我们。春天，我们“打荻谷”；夏天，我们割草时找“地谷拉”，寻“酸泵”，摸“秸了龟”，偷西瓜；秋天，我们摘“老鸹坠坠”，燎豆子，烤蚂蚱，烧“油子”（蝈蝈），焖地瓜；冬天，我们把地瓜、萝卜地捡了又捡，找了又找，总有“漏网”的红萝卜、黄地瓜在等着我们。这是大自然的赐予，上天的礼物。只要你不惜力气，总会找得到的。

况且，我们还会下坑摸鱼、上树掏鸟蛋。

冬天，走亲戚时剩下的点心，经过了一村又一店，包装纸都散了，只要不发霉不长毛，我们照样吃得津津有味。那上覆白糖的正方形的“垂糕”，梆梆硬，火石一般，我们大口吃了小口舔，噎得直翻白愣眼。

偷西瓜，偷甜瓜，热得满脸白毛汗，肚皮在地上磨得生疼生疼。偷来的瓜半生不熟，用皮锤（拳头）砸开，吃得满嘴生津，特别开心。其实不是好吃不好吃的事了，关键是那种紧张、刺激和乐趣，如同猪八家吃人参果一般，是一种炫耀的资本。

麦前椹子麦后杏，中秋大枣别样红。对零嘴的饥渴，锻炼了我们的爬树本领，一个个灵巧得像猴子一般，不管熟不熟，先塞个肚儿圆再说。

这些按说都是“野狐禅”，上不得台面。我们最盼望的，就是头疼脑热地生病了，躺在床上，一声接一声地“哎呦”。这时，大人就会花钱给我们买真正的“零嘴”了。

那时候大人们给我们买的零嘴也高级不到哪里去。我记得的有两种：一种是“糖姜”，姜片煮熟了蘸上糖粒，既甜且辣；一种是“蜜枣”，据说是伊拉克进口的，长圆形，无核，比我们本地的干枣甜多了。这两种都属于“洋玩意”，供销社里才有，能吃到它们，我们不闹点小病小灾是不可能的。我们大口小口地吃着时，也放心大胆，也能从容不迫细细咂摸，再也不用提心吊胆了。

说句实话，如果家里有吃不完的零嘴，谁还愿意担惊受怕地去树上摸杏地里偷瓜啊。弄不好被看瓜的人撵上，要挨一顿好揍呢。

可是，为什么人们长大后也忘不了零嘴和偷嘴呢？

咸菜缸子

从我记事的时候起，老家后院靠近石榴树的地方，就有一口咸菜缸子。

记忆中的咸菜缸子，酱色，外面一条一条的竖楞，高一米左右，一搂多粗，口上一个高粱莛子串成的盖垫，盖垫上面有半圆形的锈迹斑斑的铁皮罩着。

咸菜缸子里腌着白萝卜、红萝卜和白菜疙瘩，还有什么我记不清了，为主的就这三样吧？似乎一年四季都是这老三样。

好像是有了什么时鲜蔬菜，吃不了的，就随手丢进咸菜缸子里。

咸菜缸子大肚能容。

那年月，除非来亲戚，一般是不炒菜的。逢集包顿菜包子，蒸顿“汽馏”，过年过节煮顿“扁食”（饺子），就算改善生活了。

平常，都是吃咸菜。

下地干活回来，从咸菜缸子里捞出一个萝卜或白菜疙瘩，水里涮涮冲冲，切成条或丝，就饭吃。

似乎所有的咸菜都是一个味——咸。

咸菜缸子一年四季都蹲在那里，风吹、日晒、雨淋，久了，缸子的外面透着白白的盐花和经年的尘垢。

夏天，咸菜缸子表面的盐水上，长了一层白醭，冒着大小不一的泡。

即使这样，咸菜缸子里的腌菜也不腐不坏，还是那个不变的味儿。

那是岁月沉淀的、经久不变的味道。

最高兴的，是夏季的雨后，逮了一些“秸了龟”（知了的幼虫），简单地冲一冲，丢进咸菜缸子里，腌着，攒着。

攒得差不多了，捞出来，再用水冲一冲，切点葱末，放进锅里用极少的棉油煎一煎，盛到碗里，一家人吃得满嘴流香。这是父亲最得意的下酒菜，也是招待客人的菜肴。

煎“秸了龟”，是我们这些小孩子难得的节日。我们可舍不得一口吞下去，拿着“秸了龟”，看看，闻闻，先吃掉蜷曲的细爪，再一点点、一小段一小段恋恋不舍地细细咀嚼，像品尝山珍海味。

那种滋味，真香啊！

我们这代人，差不多都是吃老咸菜疙瘩长大的。

还长得很皮实，很健康。

咸菜缸子，打开来，是熟悉的味道；盖上，是满满的回忆。

{人 事}

十六两秤

老家里有一杆十六两秤，能称五十斤，从我记事的时候就有了。后来大多数人家都改为十两秤，我们家始终没换，主要是用得顺手了。

那年冬天，我和母亲拉着地排车到邻县县城去卖大白菜。我们村的大白菜远近有名，城里人尤其喜欢。简单地吃过早饭，我们就拉着一车白菜出门了。邻县县城离我们村有十几里路，个把小时的工夫就到了。

我们在卖菜的街上寻了一个地方，支好车子，掀去蒙着白菜的麻袋片，开始等待买主。拉着车子走了十几里路，汗水把贴身的棉袄都塌湿了。汗水消退后，里层的棉袄嘬得浑身发冷。我一边围着车子走动，以暖和身子，一边左顾右盼，期待有人来买我们的白菜。那一天卖菜的特别多，三三两两的买主有了挑拣的机会，不是给你猛砍价，就是狠扒白菜帮子，扒得一棵棵白菜都成“脱毛鸡”了，扒得我们心疼得直哆嗦。就是这样，临近中午时我们才卖出了小半车白菜。

我们在附近要了一碗开水，啃着从家里带来的玉米面窝头和老咸菜，凑合着吃罢午饭。下午的买主更少了，不是问问就走，就是想捡个大便宜，恨不得花上一分钱就把我们的白菜拎回家去。卖过菜的人都知道，要是天黑还没把菜卖了的话，就彻底没戏了，还得再把菜拉回家去。因此，都抱着能卖则卖的心理，哪怕是大甩卖也不愿再拉家去。

夕阳西下时，终于有一个中年人来到我们的车子前不走了，说：这菜我包圆了，说个价吧！我们喜出望外，报了一个便宜价。来人很痛快，说：就依你们吧，大冬天的也不容易。说完，看了看我们母子，问我们用过磅秤吗，我们说：没用过，我们自己带着秤呢。他一摇头，说：用杆秤太麻烦，跟我走，找个地方用磅秤，一下子就完事了。

我们拉个车子跟他走。这时我才有机会打量前面推着自行车的他。约莫有四十岁，戴着顶蓝帽子，挺着个大肚子，走路不紧不慢，说话慢条斯理。约莫走了有半里地吧，他说：到了，就在这里过秤吧。他让我们把白菜搬到路边门头的磅秤上，说：你们不认得磅秤，我给你们称吧，放心，不会坑你们的。说完，拿起两个秤砣让我们看，说这两个，一个是一百

斤，一个是五十斤的，看好了。说完，把秤砣压上，弯下腰标记秤尺，然后直起腰来说：一百二十斤整。我说：两个秤砣加起来不是一百五十斤吗，怎么才一百二十斤？那人哈哈一笑，说：小家伙，说你不懂磅秤看来你还真是不懂，标记打到头才是一百五十斤呢，标记停在二十斤的地方，不是一百二十斤吗？我和母亲面面相觑，又看了看磅秤上堆着的白菜，觉得怎么着也得有一百六七十斤的样子，怎么上了磅秤白菜就变轻了呢？那人看出了我们的疑惑，说：放心吧，不会骗你们的，你们要是不放心，咱再换台秤试试？我们看看外面，日头已经落山，天色暗了下来，回去还有十几里路呢，就说：不用了，不用了，你们城里人还能坑我们庄户人啊？

回到家里天已经大黑，折腾了一大天，胡乱吃了点饭就睡下了。过了几天，父亲回来了，我和母亲对他说了这件事。在粮食部门工作的父亲缓缓地说：小哎，你们被人家坑了，坑了整整五十斤菜去！

几十年过去了，这件事始终萦绕在我的记忆里，像一块阴影。我始终不能原谅那个戴蓝帽、挺着大肚子的中年人。我想，那个人可能是一个机关单位的司务长吧，坑我们的五十斤白菜肯定拿回自己家去吃了，没被噎得翻白眼吧？

后来，我从书中了解到，老祖宗发明的十六两秤是有深意的，它代表着北斗七星、南斗六星，外加福、寿、禄三星，一共十六星。买卖时，少给人一两，减禄；少给人二两，减福；少给人三两，减寿。

坑了我们五十斤白菜的那个蓝帽大肚子，你说，他得减什么吧？

人在做，天在看啊！

吃公家饭的

村小学在村子的正南头。从前是一座关帝庙，大门和围墙都塌了，只剩下一座大殿、东配房和后面的僧房。后来，东配房和僧房改成了教室，方丈室成为校长办公室兼宿舍。校长是上级派来的，四十开外，红脸，小矮个，大嗓门，骑一辆“东德”牌自行车。他在操场上给我们训话时，声音能传出半里地去；跟老师说话也是粗声大气，动不动凶得他们跟什么似的，老师们也不敢吭声，点头哈腰赔笑脸，时不时地还从家里地里带点瓜果蔬菜点心什么的表示一下。

记得我们的语文老师在一篇范文里写道：金牛山下，赵牛河畔，有一所贫下中农学校。校长看后大发雷霆：这不是睁眼说瞎话吗？金牛山离学校一里多远，能说“山下”吗？学校离赵牛河二里地，能叫“河畔”吗？你这样的还叫范文？狗屁不通，简直是误人子弟！

后来我们知道了，校长是“吃公家饭的”。用村里的话说，人家是“正式的”，别的老师都是“临时的”。

那时候，国家公职人员为数寥寥，别说一个村里，就是一个公社里也不过十来个人。能吃上公家饭，那是八辈子烧高香得来的。即使你不是正式的，能混成个代课老师、赤脚医生什么的，村里人也会高看你一眼的。起码标志着你不再汗珠子摔八瓣似的砸坷垃了，你不再面朝黄土背朝天土里刨食了。用村里的话说，人家终于熬出去了。

供销社搬走后，村里利用供销社大院成立了中学。校长也是“吃公家饭的”，脾气也像小学校长一样大。我们哪道题做错了，他把硕大的三角尺和半圆板在讲台上摔得啪啪响，声色俱厉。记得一次他训斥一个抄别人答案的同学：你这是吃别人拉出来的屎，简直不知道什么叫丢人，一头扎到粪坑子里淹死算了！说完还不解气，把黑板擦嗖的扔出去，啪的一声砸在那位同学的头上，幸亏隔着棉帽子没有砸破流血。那同学的家长听说后，专门提着二斤点心来学校感谢校长，说砸得好，多砸几回，孩子的成绩就上去了。搁到现在，家长还不跟校长拼命啊。不过，我还是很佩服校长的投掷技术的，像掷铁饼运动员一样专业。

两位校长为何脾气这样大？我们猜想，可能与吃公家饭自觉高人一等有关吧，有发脾气训人的资本。别的老师也自觉不自觉地高看他们一头，让他们三分。

上小学时，教我们音乐的是位女老师，长得很美，细长的辫子在背后甩来甩去。她教我们学唱电影《春苗》的插曲，“春苗出土哎，迎朝阳”，声音甜美柔和。我们都很喜欢她，愿意听她唱歌。忽然有一天，她跟我们告别，说要到县印刷厂去上班，不当我们的音乐代课老师了。她走后，我们好几天都没精打采的，瘟鸡一样。按说，人家去吃“公家饭”了，我们该高兴才对啊。

“吃公家饭的”，还有供销社收购站的胖老邓、布店的瘦小刘以及副食店的黄“甜瓜”。他们一个个穿戴得干净整齐，站在柜台里面，风不吹头，雨不打脸，很是让我们羡慕。当时，我们这些小孩子的愿望，就是长大了也能像他们一样站柜台，吃上公家饭。至于“吃公家饭的”校长，我们兴趣倒不大。我们不喜欢动不动就摔桌子打板凳、吹胡子瞪眼的大人，哪怕他是“吃国家粮的”。

那时候，吃公家饭的和下地砸坷垃的，简直是一个天上一个地下，差别大了去了。当时我们这些小孩子还体会不深。后来，当我读路遥的《人生》时，对高加林的遭遇数次潸然泪下。

看电影

那些年，村里的娱乐活动少得可怜。能放上一场电影，几近于过节了。

放电影的头一天，支部书记就在大喇叭上一遍遍地喊：明儿晚上，明儿晚上，公社放映队来我们村放电影，地点村西头坑边，请广大社员群众注意观看，注意观看。

第二天下午，就有人早早地来占座了，不，应该是占地方。长条凳、小马扎、小板凳、椅子等，歪七扭八摆满一地。中间的地方空出来，那是放电影机器和大小队干部的位置。占地方晚了的，只好到背面去了。

电影幕布悬挂在两棵大树之间，用绳拉紧系在树干上。放映机子也早早摆在那里。天刚擦黑，人们就吃了晚饭，来到坑边等候，一会儿工夫就黑压压地满人了。人们坐在座位上相互打招呼，扯闲篇，七嘴八舌乱成了一锅粥。孩子们大呼小叫，围着场地乱跑。一直到天完全黑了，人们等得心焦不耐烦了，放映员才在大队干部的陪同下来到放映场地。人们自觉地闪开一条缝，让他们慢条斯理地进来。放映员用拉绳启动发电机，放映机上方的灯亮了起来，人群里顿时一片欢呼，目光齐刷刷地盯着放映员。放映员见惯了这种阵势，不慌不忙，从箱子里取出胶片盘挂在放映机上，连接好，一束圆圆的光柱射向幕布，调正后，胶片盘开始柔和地“哒哒”转动，灯灭，电影开始放映，人群顿时安静下来。

一开始都是放映《新闻简报》，然后才播出正片。这样做的目的，一是突出政治，要关心国家大事；二是铺垫一下，再等等晚来的人们。那些年放映的影片，我记忆中有《南征北战》《小兵张嘎》《渡江侦察记》《平原游击队》《地雷战》《地道战》《英雄儿女》等，就像革命样板戏一样，看了一遍又一遍，故事情节熟悉得就跟数自己的手指头差不多，甚至台词我们也能背得下来。鬼子进村的音乐，鬼子指挥官的话，只要幕布上一出现，我们立刻会心一笑，你推我一把，我搡你一下，情不自禁地跟着模仿。尽管这样熟悉，但我们还是常常沉浸在电影情节里面，为人物

的命运担心。《地道战》里的老村长发现鬼子进村后，小跑着去敲钟掩护群众时，我们会着急地跺脚，小声喊：快跑，快跑！《南征北战》中，女游击队长匍匐着去剪敌人炸坝的导火线时，我们比她还要着急，一个劲地催促：快点，快点，再磨蹭就晚了！一直到女游击队长“咔嚓”一声剪断导火线后，我们也随着女游击队长露出胜利的微笑。尤其是《小兵张嘎》中，嘎子和胖墩摔跤那场戏，我们最愿看了。我们也一并挥着手臂，为嘎子加油：使劲、使劲，扫他的腿，踩他的脚！

我们不仅在本村看电影，邻近的村放电影我们也跑着去看，有时甚至跑上十几里路。在别的村看电影，当然是没有座位的。我们就站着，或骑在墙头上，或爬到树上、房顶上去看。说实在的，我们不在乎看什么，而是享受看电影的过程。特别是看电影回来的路上，我们常常是一路小跑，这个喊：弟兄们，给我冲啊！那个呼：抓住李向阳，抓住李向阳！落在后面的则尖着嗓子叫：等等我，等等我，你们的良心大大地坏了，大大地坏了坏了的！喊声、笑声、打闹声，快活地洒满一路。

有时我想，那个时候娱乐生活如此贫乏，为什么我们那样开心，那样充实，一场熟悉得不能再熟悉的电影，我们跑上十几里路也乐此不疲？就那几部翻过来调过去的老电影，为什么我们百看不厌，津津有味，情节和台词都能背得滚瓜烂熟，出于口，记于心，形于色？如今娱乐爆炸的时代，电影、电视、电脑、手机、KTV、晚会等一应俱全，五光十色，目不暇接，为什么我们还是觉得不开怀，不如意，脑子发空，心里长草？

我们的快乐去了哪里？

听说书

如果说看电影是全村人的节日，那么听说书就是上了年纪的享受。

请说书的一般在农闲季节，冬天居多。几个上年纪的凑一块儿，你一言我一语地商量掂对一番后，一拍手，说，闲着也没事，咱凑钱请个说书的来吧。

不用大队小队出钱，老哥几个你出五毛，我出一块，凑上几块钱，定下日子，由熟悉说书班子的人跑腿去请。

说书的大都是上了年纪的盲人，会唱几出戏文，会说几段古书，老哥几个心里门儿清，也不知听过多少次了，但还是愿听，图个乐呵呗。

说书的地点就在隅首北面，供销社布店的门口。布店的门由一块块活动的竖长条板子组成，开门时一块块卸下来，关门时再一块块拼装上，略显麻烦，但选择余地大，能根据进店人数的多少决定开门大小，逢集时全部打开，平常开一半或三分之一就行了。这种由长条门板拼接的大门，如今恐怕所剩无几了吧？

说书人在老哥几个家里吃罢晚饭，来到隅首布店门前。那里早就摆好了一张小木桌，两个凳子，周围摆着一圈长凳，桌子上亮着一盏昏黄的马灯。待人来得差不多了，两个说书人一个操弦，一个打板开始说书。有时一人一段交替着

说，有时一人从头说到尾。我那时还小，听不大懂内容，隐隐约约记得，有秦琼卖马，岳飞大战金兀术，梁红玉击鼓战金兵，侠女十三妹，等等。侠女十三妹的故事我愿意听，因为就发生在我们村西北的金牛山下，那时也叫牤牛山。山上有个绿林好汉，名唤周三，占山为王，安公子途经此山去河南救父时被周三劫住，安公子拿出十三妹的马鞭，周三见后下马便拜，不仅不为难安公子，还好吃好喝招待一番，并派人护送安公子一行前往河南。那时我便觉得，这十三妹好生了得，小小年纪便在江湖上鼎鼎大名，比抗金女英雄梁红玉还厉害。

说书，场地相对窄巴，书词也缺少新奇，只是那种场景让我至今难忘：昏黄的马灯下，围着一圈上了年纪的人，两个老年盲人你一句，我一段，声音略显喑哑，夜幕中益发苍老苍凉。

不知不觉，夜深了，有人打起了长长的哈欠。

说书人知道，该散场了。

扎“吊死猴”

人吃五谷杂粮，生病在所难免。有个头疼脑热的，也属正常。

那时候，村里人闹点小病小灾，很少有去医院的，顶多找个乡村郎中，抓服草药熬熬，躺两天；或者到赤脚医生那里拿上两个药片吃下去。也有的到村里懂点医术的人那里，土办法解决。

那年月，尤其是夏天，村里人常常得一种叫“吊死猴”的病：头疼、呕吐、浑身没劲。印象中，似乎妇女、小孩居多。出现了这种症状，村里人就会说，到二黑奶奶那里扎扎吧！

二黑奶奶六十多岁，高个子，小脚，抽旱烟，浑身上下拾掇得干净利索。二黑奶奶扎“吊死猴”小有名气，连外村的人也来找她。

那年初夏，我长了“吊死猴”。母亲拎着一手绢黄杏，带我去了二黑奶奶家。二黑奶奶让我仰起头，拨开鼻孔看了看，拿起缝被子的线针，在煤油灯火焰上烤了烤针尖，然后在我的鼻孔里边一下一下地扎，扎出血点来，扎得“啪啪”直响，疼得我龇牙咧嘴。一会儿的工夫，二黑奶奶说，好了，扎下去了，回去吃点好吃的，躺上一天就好了。我捂着流血的鼻孔，嘶嘶嗬嗬地跟着母亲回家。

到现在，我也不知道“吊死猴”是一种什么病，医学上也没法解释。听母亲说，长“吊死猴”了，鼻孔里边会有肿成的小白块，用针扎破，流出血来，白块消肿，症状也减轻了。在这一点上，村里人都信服二黑奶奶的扎针技术，对赤脚医生的药片嗤之以鼻。

村里一些小病小灾的治疗方法，在科学上是不好解释的，但简单实用，也管事，村里人多年来也习惯了。比如扎“吊死猴”，用针扎破后流出点血来，大概有消肿排毒的作用吧，头痛轻了，也不吐了，歇上一两天就好个差不多了。

也怪，如今生活条件好了，村里人也没有长“吊死猴”的了。二黑奶奶也已作古多年了。

老农具

那些曾经的老农具，像我们的父辈一样，渐次隐退幕后了。

那把挂在墙上的镰刀，从多少麦秆丛中、杂草底下一挥而过，发出锋利的声响；而今锋芒不再，锈迹斑斑。还有那把小铁铲，曾被我手上的汗水、老茧，把手柄磨得又光又亮。

这些“杈把扫帚扬场锨”们，见证过麦浪滚滚、石磙欢叫，吹过麦场的凉风以及蘑菇般长出的麦秸垛。它们一定在怀念那个汗流浃背日头正毒的打麦场。

那架双铧犁、那盘耙、那盘耢，退下来了还紧紧依靠在一起，默念着当初的紧密合作。犁头拱开泥土，耙丁划平起伏，竹耢抿严地缝，环环相扣，配合默契。那是一段多么美好的时光啊！

那架木制的三腿耧，有节奏地摇晃着播种的喜悦，螺帽碰击耧仓的声响，一下下划破清晨的寂静。紧随其后的双轮石砘，吱扭着、压实着播下的希望。

割草的提篮、小推车，让我一下子回到那个炎热的中午，“地谷拉”

的清香弥散开来。缺少了轮子的地排车，还沉浸在爷爷清晨扫硝土的“唰唰”之声中吗？

那把镢头，刨出了几多等候跃跃欲出的地瓜？那把铁锨，磨秃了近一半，还在闪着隐隐的光泽，在暗夜里发亮。

那把锄头，也被草根和泥土打磨得散了火气，没了脾气。“两头忙”上还粘着少许的泥土，是心有不甘吗？

“叨”棉柴、豆茬的“老叨”，灰尘满面，锈得已经快认不出模样了。它肯定记得“叨”住棉柴不松口，棉柴被“叨”出地面的快活呻吟。

搂柴火的竹筢子，耙齿几近磨平。当初，散落的柴火被它一堆堆地归拢起来，也是很有成就感的吧？

如今，这些曾经的老农具，被悬挂、堆放在闲置的小屋内，一任风尘落寞其上。

深夜，我有时还会隐隐听到它们的窃窃私语和一声叹息。我知道，那是风声，穿屋而过的岁月的风声。

老了，它们该不会再争谁先谁后、谁长谁短了吧？抱团取暖，我想，这是它们最好的归宿吧？

煤油灯

那时候，村里没有电灯。家家户户的土屋砖房里，大都用煤油灯照明。

不然，“楼上楼下，电灯电话”，怎么会成为村里人梦寐以求的呢？

最简单的煤油灯，是用废弃的玻璃瓶子制成的。瓶盖上打个眼，固定好寸把长的、直径黄豆粒大小的细铁管，纫进去棉花套子或麻线做的焾，瓶子里倒上煤油就大功告成了。讲究点的，用自行车或地排车胎上的气门嘴当灯管，洋气、好看，还可以自由调节灯焾的长短。

煤油灯的光有些昏黄，灯下做针线或看书很费眼，然而场景温馨，与土屋砖房倒也匹配。只是煤油灯在燃亮的过程中，一个劲地冒烟，熏黑了墙壁不说，第二天鼻孔里也沾满了黑乎乎的烟垢。

后来又用上了玻璃罩子灯，供销社里有卖的，灯型美观大方，可以用手捻动旋转小柄，调节灯焾大小和亮度，中间凸起的玻璃罩让灯火不再摇曳，油烟往上直冒，不再熏黑鼻孔，相对也洁净，只是比自制的煤油灯费油。这在当时是文明的标志，慢慢被村里人接受了。

夜晚在院子里或地里干活，用的则是马灯，我们那儿叫“提灯”，样式原理和玻璃罩子灯差不多，只不过盛煤油的底座由玻璃改成了铁质，玻璃罩子外面加了固定框，框上面加了个提手而已，防风效果很好，外出干活提着也方便。记得那些年在老家院里扒棒子时，常常在晒衣物的铁丝上挂着一盏马灯。灯光下，一家人说说笑笑，不紧不慢地扒着棒子。偶尔一阵风吹来，铁丝上的马灯微微摇晃，灯光也跟着晃悠。那种场面，至今想起来仍倍感亲切。

在初中上晚自习时，教室里的照明换成了汽灯，烧的还是煤油，却转化为气体熠熠发光、嗞嗞作响，不复冒黑烟矣。这种汽灯，点燃之前要先打足气，约莫一个小时后，还要再打一次。汽灯挂在教室中间，发出的白光亮如白昼，让我们感到新鲜、新奇和自豪，心里也随之亮堂堂的，学习起来更加带劲。

煤油灯、玻璃罩子灯、马灯和汽灯，依次照亮了我的童年、少年时代，温暖着那时候的乡村岁月，成为我人生记忆中最温馨的部分。

煤油灯的昏黄灯光，依旧在心底摇曳、闪亮，映照着我前行的路径。

碾和磨

推碾和拉磨，是小时候常干的活。

碾一般砌在村内较宽敞的地方，像坑边、村头之处。有石碾的地方，也是村人闲坐拉呱的所在。

磨则多数盘在农户家里，上面有遮风挡雨的棚子，也有直接盘在大门旁边的耳屋里的。

推碾，大部分用来碾压体积相对较大一些的东西，像大盐啦、瓜干啦、豆饼啦什么的，碾成较小的颗粒或碎片。推的时候比较省劲，一会儿工夫就完事了。推碾时，你可以望望蓝天，看看水塘，听听鸟叫，吹吹凉风，一边说笑一边推，还是相对轻松的。

推磨，则主要用来磨面。麦子面、棒子（玉米）面、豆子面，都是用磨一圈圈推出来的。

碾是滚动的，磨是转动的。滚动是欢快的，转动则是沉重的。

我比较打怵推磨。就像推水车一样，刚开始颗粒大，推起来不大费劲，越往后颗粒越小，推起来越沉。磨坊一般比较狭窄，望不见天，看不到远方，只有磨盘转动的单调声响和走动的脚步声、喘息声。一圈接一圈地转，枯燥乏味，有人说着话还行，一个人推磨实在寂寞得很。后来，我们家买了头小毛驴，再推磨时就套上它。驴拉磨时要带上“捂眼子”，蒙住眼睛，以防转晕和胡思乱想。小毛驴可能是初次拉磨感到新鲜吧，一圈圈拉得飞快，磨眼上面的粮食很快就“陷”了下去，磨成的碎面顺着磨盘边缘簌簌下落。我最愿意观看粮粒顺着磨眼缓缓下陷的场景了。这时，我也有了欣赏的兴致。人在辛苦劳作时，是来不及观赏的。美，产生于劳作距离之外的悠闲。这一点，那个时候我就懵懵懂懂地体会到了。

数次拉磨之后，小毛驴也渐渐失去了新鲜感。每次牵着它一往磨坊走，它就磨磨蹭蹭，极不情愿的样子，最终还是无可奈何地上套。不过，拉起磨来，它的步子明显慢了下来，有时拉着拉着就停下来，在它腚上拍一巴掌，它才猛地往前一蹿，缓缓转圈。有时我也可怜它，望着它汗湿的皮毛和被捂住眼睛的样子，心想小小年纪就被上套拉磨，什么时候是个头啊？人尚有替换，有出头之日，驴呢？

幼年的我，通过推磨，竟也产生了与年龄不符的沉思。

其实，细想起来，人生不就是推碾和拉磨的相互组合吗？推碾的敞亮，拉磨的逼仄；拉磨的枯燥，推碾的轻快；推碾时的说说笑笑，拉磨时的长吁短叹……

人生，就是一个个的圆圈吧？转完了，转累了，也该走了。

吆　喝

“小鸡——来啭，卖小——鸡来啭”，听到这熟悉的抑扬顿挫的吆喝声，村里的妇女们知道，西乡里卖小鸡的来了。于是三三两两走出院门，来到街上，但见卖小鸡的已经撑住车子，正从车后座的两边往下搬筐子呢。筐子里的小鸡雏，毛茸茸的嫩黄色的身子，你拥我挤，叽叽喳喳叫个不停，看着就让人忍不住想买。妇女们你一言，我一语，仔细挑拣着。这个挑十只，那个拿五只，放到围裙里兜着回家。那个时候买小鸡基本上是赊着，卖小鸡的在小本上记上账，秋后再来拿钱，彼此也放心，从来没发生过赖账。

“梆，梆梆；梆，梆梆”，随着有节奏的木梆声声，是一声吆喝：豆腐，豆腐皮——，声音由远及近。家里正想做午饭的女人听到了，说一声来得真是时候，就放下手里的活，拿一瓢豆子去街上换豆腐了。

卖香油的则很少吆喝，只是不停地摇晃着手中的铁（铜）拨浪鼓，鼓两边系着短绳的小槌反复敲击鼓面，发出“拨浪、拨浪，拨浪浪浪”的金属声，在大街上传得很远。

磨剪子磨刀的，基本上是模仿《红灯记》中磨刀人的吆喝：磨剪子嘞——抢——菜刀，随后甩动手中长长的铁叶子，发出“哗哗”的声音。吆喝声经过《红灯记》的传播，连我们这些小孩子也模仿得惟妙惟肖，动不动就喊上一两声。

最热闹最诱人的是卖小百货的吆喝了。此人五十多岁，小矮个，一脸麻子，声音粗犷洪亮，我们都喊他“麻蛤”。他推着一辆特制的小推车，用铁丝编了个密密麻麻许多孔眼的扁筐子，里面装满了针头线脑等日用品，车把上也挂着一些。他来到村里，先支好推车，接着“哐哐哐”地猛一阵敲锣，敲锣的间隙，直着嗓子大声喊：老麻来啦，老麻来啦，又进了好东西啦，快来看啊！然后就唱“东北民歌王”郭颂的《新货郎》，边唱边比画，引得我们这些小孩子们哈哈大笑，乐不可支。不一会儿，小推车边便围满了人。“麻蛤”性格开朗，也能吹牛，经常与来买东西的人开玩笑，嘻嘻哈哈中就把东西卖出去了。他开心，买东西的人也高兴。

这些来自乡村的吆喝声，让我们觉得亲切、温暖，很有人情味，而且声音悠扬、悦耳，喊起来也不大费力气。不信，你直着嗓子喊两声试试，一会儿的工夫就喊得声音嘶哑，嗓子冒白烟了。

如今，村里再也听不到这些原汁原味的吆喝声了，一些行业也渐渐消失了，比如卖小鸡的，卖小百货的，磨剪子的，等等，总让我们觉得日子里缺少了些什么。

串乡卖豆腐、卖馒头的，一律用上了电喇叭，预先录好音，反复地一遍遍地播放。省事倒是省事了，却没有原来的那种味了。听着，几近噪音。

那些熟悉的、亲切的乡村吆喝声，只能到记忆中去寻找了吗？

乡愁不再，记忆犹存。

小 名

那些年，村里出生、长大的男孩子都有一个小名。

而且，小名一叫就是几年、十几年、几十年，甚至一辈子，临终了还有喊小名的，只不过后面加上了“叔”“大爷”“爷爷”等辈分而已。

男孩子的小名起得五花八门。不过，细细梳理起来，不外乎这么几种情况：

一是为了好养活，用质地硬实的东西起名：铁头、石头、榔头等。或者用低贱的事物命名：狗剩、狗蛋、邋遢、疤瘌、坏地瓜等。

二是根据孩子的某一特征或脾气起名：疤、偏、秃蛋、面瓜、黑脆瓜、大孬、二臭、三坏、淘气等。

三是男孩起女孩名：狗妮、臭妮等。

四是祈求长远之意：根、拴柱、留柱等。

五是按出生顺序：老大、老二、老三……

小名叫着叫着就顺嘴了，人也长大了，以至于有了大号（正式姓名）村里人也记不住。考上学了，村里送通知书的邮递员，按通知书上的名字找人，村里人往往一头雾水，及至说起是谁家谁家的孩子，才恍然大悟地翻过点来：呦，你说的是村西头的狗剩啊？这小子打小就是个淘气包，没想到大了出息了！

也有因为小名闹笑话的。那年，东院小名叫“秃蛋”的带城里媳妇回老家过年。初一拜年时，院里的婶子、大娘围着秃蛋媳妇，一口一个“秃蛋媳妇”地喊着，把秃蛋媳妇喊得恨不得把头藏到地缝里去，脸羞得大红布一般。晚上，两口子在一起时，媳妇还一个劲地埋怨：你怎么起了个这么恶心的小名？秃蛋秃蛋的，多难听啊？秃蛋说：这还算好听的呢，没叫狗蛋就烧高香了。

不管怎么说，小名带着家乡的气息，沾着泥土的味道，透着一种亲切和随意，就像田野上随处可见的庄稼、野草一样，唤起那个年代的记忆和满满的乡愁。

每次回到老家，我还是愿意让母亲、街坊邻居们唤上一声小名。那一声声的呼唤里，透着浓浓的乡情和爱意。

只是，如今村里出生的孩子，很少起小名了，让人感到一丝怅然若失，就像逝去的水井、坑塘和炊烟一般。

归去来兮，小名。

砸“四角”

“四角”，也有叫“啪”的，用废纸或硬纸板摆成十字形，握角依次折叠，最后成正方形。这是我童年时迷恋一时不能自拔的游戏。

能搜集到的纸都用上了。旧报纸、包装纸、空烟盒、废纸箱子，甚至课本，恨不得把一切能折叠的东西都变成四角。

冬天放学后，尤其是放假后，小伙伴们聚到一起，把装在口袋里的四角亮出来，很大方地摆在地上，剪子包袱锤决定谁先谁后。胜了的一方，拿起自个儿的“四角”，向打尜一样选“翘”，瞅准对

方“四角”的不平稳处，啪的一声摔下去，造成气流和冲力，把对方的“四角”掀翻了，掀个仰面朝天，这就是赢了，对方的“四角”归我。掀不翻，对方再摔，赢了归他。如此循环往复。

时间长了，就琢磨出了一些“点子”。比如，把“四角”在地上摁得四平八稳，不给对方留“翘”；比如，在“四角”里层夹一个硬纸板或铁片，增加分量，让对方掀不动；比如，选择凹一点的地方，让“四角”牢牢趴在里面，让对方左右为难……

当然，对方也有对付的办法。比如，解开棉袄，摔下“四角”时，借助棉袄的忽闪生风，掀翻“四角”；比如，你垫了硬纸片或铁片，我也垫，却不从一旁摔下去，而是直接砸在你“四角”的上面，让你的“四角”蹦起来翻身；比如，用“四角”加棉袄开合的风力，斜冲你凹处的“四角”，让其歪斜地翻过来……

道高一尺，魔高一丈。后来，我“发明”了一种“大四角”，用相对薄一些硬一些的包装纸箱板，叠成了一个尺半见方的“四角”，里层垫上铁片，四周细细捏严了，摆在那里，宛如厚重的乌龟壳一般。小伙伴见后，一个个地傻眼了。再掀、再砸、再用棉袄扇风，它都纹丝不动。

从那以后，小伙伴不跟我玩了。

没有了竞争对手，我只好守着一大箱子“四角”，一个人发呆。

看来，无论什么事你都不能太出格。

你太出格了，别人望而生叹，舌头舔不到鼻子，你就自己玩吧！

孤独求败，也是一种悲哀。

抽“嘎嘎”

其实，我们小时候不叫它“嘎嘎”，叫“拉秵”，也就是如今的陀螺。

拉秵一般用高两寸左右、直径寸把宽的圆木制成，上面锯平，从中间开始往下削成倒圆锥形，底部用“臭油”(沥青)粘上一粒钢珠。制作拉秵的圆木头最好是榆木或枣木，顶不济也得用杨木，一是有分量，抽起来不至于发飘；二是耐抽打，不容易变形或开裂。也有用轴承圈直接套上“臭油”趁热捏成的。

至于抽拉秵的鞭子，没有什么讲究，大多用废弃的长布条绑在细木棍上端就行。

抽拉秵，对场地要求不严，可大可小，但最好是在平坦的地上，以保证拉秵旋转平稳，且保持一定速度。先用鞭子上布条的前半部分裹住拉秵，发起来，使之旋转，然后拉开架势，用鞭子抽打。抽打时用力要匀，抽力大了，拉秵不堪重击，踉踉跄跄侧翻在地；用劲小了，拉秵旋转得有气无力。

最带劲的，是在坑塘冰面上抽拉秵。那时候的冬天最像冬天，地冻得裂大缝，坑塘的冰层达一尺多厚，人站在上面蹦高也不会开裂。我们扬起鞭子，把拉栮抽得飞转，围着坑面转了大圈转小圈。冰面上一片“啪啪啪啪”的抽击声，此起彼伏。我们抽一鞭，看一会儿，高速旋转的拉栮在冰面上滑动，走着直线或曲线，铮铮有声，很刺激。待拉栮旋转慢下来，再扬起鞭子抽一下，拉栮像是上足了发条，团团转，一刻也不敢停歇。有时，我们会驱使各自的拉栮互相撞击，这时体积庞大厚重的拉栮即刻显出了优势，像巨型坦克一样，横冲直撞，把那些单薄矮弱的拉栮撞得歪歪斜斜、可怜巴巴地躺在那里，如同中弹一般老老实实、哀叹认输。

我的那只拉栮，是爷爷亲手做的。枣木的，高有三寸，直径两寸多，上端套着锃亮的轴承圈，平面上粘着红五星，周身打磨得紫红发亮，底下的钢珠玻璃球一般大小，厚重威武仿佛巨无霸，旋转起来威风凛凛，一般的拉栮是不敢靠近的，偶尔撞上了，也是哆哆嗦嗦，旋即闪到一边，很是让我骄傲，奓毛公鸡一般。

而且，我抽着它，稳稳地上斜坡。它也很配合，仿佛一辆微型的推土机，盘旋着，铮铮叫着，爬上了半米多高的土坡。

爬上土坡后，它还在骄傲地旋转。好大一会儿，才不情愿地歪下。很让我挣了一回面子，让小伙伴们一个冬天都羡慕不已。

打 尜

“尜”，是我们儿时的叫法。别的地方叫什么，我不是很清楚。

所谓“尜”，就是把一段拃把长拇指粗细的木棍两端削尖，用木棒敲击尖部，弹起来，再挥动木棒击打，使之飞往远处的一种玩具。

那个时候，村里没有任何取暖设备，寒冬腊月天，对于我们这些男孩子来说，要想不被冻得缩成一团，最好的取暖方式就是打尜了。

打尜，要选择开阔的地方，一般都在闲置的场院上。院里、街上空间太窄巴，打尜舞扎不开，也容易伤人。场院就不同了，几乎一个生产队一个，也有几个队合用的，三五亩地大小，过麦过秋完了，阔大的场院上除了三三两两的麦秸垛和闲置的石磙，就是平展展的空地。这是我们打尜最好的地方了。

几个半大小子约好了（有时大人也参与），来到场院上，先用木棒画一个大大的口字形的“城”，把尜放在“城”中央，然后剪子包袱锤决定谁先谁后，胜了的，打尜；输了的，“喝酥”。

打尜的一方，先要把尜摆好“翘”，意思是让尜的尖端翘起来，用木

棒敲击，榍才能蹦起来，蹦出“城”外，然后把蹦在空中的榍用木棒打出好远。选“翘”至关重要。选不好，榍蹦不起来或原地哆嗦两下，你根本没有将其击出“城”外的机会，你就输了，大菜包子一个；选好了，榍一下子蹦起来，右手握住木棒，对准空中的榍，用力一击，嗖的一声，榍远远地飞出去。用木棒在“城”内敲击榍的尖部，使之弹跳起来，叫“拔”；榍跳起来后，再用木棒击打之，叫“拨”；追着棒击后的榍跑，在榍未落地之前，瞅准机会，再猛击一次或两次，叫“连棒”；榍落地后，捡起来和棒拿在一起，把榍扔向空中，再以棒击之，叫“架拨”。经过“拔”“拨”“连棒”“架拨”之后，榍要飞出十几米或几十米远。这时，“喝酥”的一方会跑出去，在榍落地的地方拾起榍来，瞄准“城”的方向进行投“城”。把榍投进城里去，胜了，成为打榍的一方；投不进去，继续“喝酥”。碰见仅有“拔”而没有“拨”“连棒”的菜虎子，榍飞不远，很容易投进“城”里去；要是遇见高手，“拔”“拨”“连棒”“架拨”招招齐发，你就光“喝酥”吧，一个上午或下午都翻不过点来。

关键是这样舞扎起来后，无论是打椇的一方，还是“喝酥”的一方，连蹦带跑，一会儿的工夫身上就热乎了，“喝酥”的气喘吁吁，打椇的洋洋得意，寒气早被热气赶没了。

我最忘不了的，是椇蹦起来后，以棒击之，发出“啪”的一声，飞向远处的那种感觉，那真叫一个爽哎！现在打高尔夫球的，穿戴绅士，挥棒讲究，看似潇洒，可哪里赶得上我们那时候打椇痛快酣畅啊！一场高尔夫球下来，价格贵得惊人，我们打椇，那可是就地取材，“清风明月不用一钱买”啊！

不占地，不盖房，打椇只需一个场。而且，那个场，是冬季暂时闲置的，来年过麦过秋还能派得上用场，忙闲两不误。

如今，我们曾经打椇的场，向何处觅？

点炮仗

大年三十除夕夜，一家人团团围坐吃着“扁食”（饺子），窗外鞭炮声此起彼伏，响成一片，整个村庄弥漫着浓重的硝烟气息。

如今的鞭炮动辄五百头、一千头乃至上万头，包装精致喜庆，响起来短促而急速，如轻型机关枪扫射一般，热烈倒是热烈，但总感觉不如过去的鞭炮响起来过瘾。

那时候的鞭炮大部分是“裸炮”，没有包装，就像电影《小兵张嘎》中胖墩手里拿的那种。就是有包装，也是鞭炮外面简单地用废旧纸张包裹黏合一下，方便携带就行了。而且炮身长、粗，炮捻也长。炮身是用一层层的马粪纸裹成的吧？

炮捻点着后，要“嗞拉”上一会儿鞭炮才响，以便点炮的人有时间躲开，不像现在的一点就炸，性子急得如同毛张飞，让人有些躲闪不及。再说，看炮捻“嗞拉嗞拉”冒着火星燃烧到炸响的过程，既紧张又幸福，还有一丝神秘在里面。

那时候的鞭炮，大多是五十头的，也有二十头的，最多不超过二百头。放鞭炮时，一般用长棍挑着，也有胆大的直接提着鞭炮上端的细绳圈，高高斜举着手臂点的，等到剩下两三个尾炮了，远远地扔向空中炸响。那时的鞭炮，每个炮响之间都有短暂的间歇，一个一个从容不迫地炸响，响得很完整，很厚重，很有耐心，余音也长，不像如今爆豆一般“噼里啪啦”一阵子就完事了。

那时候的鞭炮，都是用黑炸药制成的，就是“一硝二磺三木炭”，电影《地雷战》里的那种土炸药，炸声很响，但威力不大，很少伤人。我们村里东街就有一户造鞭炮的，一年到头衣服上、手上、脸上，甚至鼻孔里都是黑乎乎的。他们造鞭炮用的硝，就是我爷爷熬制的。

我们这些小孩子，对成挂的鞭炮不感兴趣。就是有成挂的鞭炮，也是

拆开来一个一个地点，很珍惜。逢年过节放鞭炮时，我们专捡落在地上来不及炸响的“哑炮”，放在口袋里攒着，以后拿出去和小伙伴们一块放。那些“哑炮”，有的留有很短的捻，有的连捻也没有。带短捻的，我们放在地上用“滴滴金儿”凑近点着放。因为捻短，点着后要及时跑开。那些没捻的，我们也有办法，一拆两半，下面连着一丝炮皮，露出里面的黑火药，用“滴滴金儿”烧着火药，只见点燃的一半喷出一股火舌，把另一半滋得冒着火团团转圈，我们叫它“老嬷嬷揍老头”。也有恶作剧的，把炮插进雪团、猪粪上点燃，迸得雪团、粪蛋四散，连着碎炮仗皮在空中纷纷飞扬。还有更疵毛的，把炮插进狗腚上点燃，炸得狗一声声怪叫着远远跑开，比撵兔子蹿得还快。

好玩的还有“滴滴金儿”，也叫“扑拉金儿”。用软纸把零散的火药沫裹起来，捻成香杆般粗细，十几根系成一把。天暗下来以后，抽出一根，点燃稍粗的一端，倒捏在手里，细碎的火花从下往上点点开放，很节约，名字也喜庆，仿佛滴滴坠下的金花。“滴滴金儿”可以单独燃着玩，还可以用来点燃成挂或单个的鞭炮，很受我们这些小孩子喜爱，花钱不多，玩得时间还长。我们常常把点燃的“滴滴金儿”拿在手里，像电影《红灯记》里李玉和晃动红灯一样，一圈圈地转着玩。一边转圈，一边探出头去问对方：你的，哪一部分的干活？那年月，《小兵张嘎》《地道战》《地雷战》等电影看多了，看熟了，我们这些小孩子们都会说上几句中国特色的日语，比如米西米西、八格牙路、你的良心大大地坏了之类的。

除了“滴滴金儿”，还有一种叫“起花子”的东西，也让我们爱不释手。一根细长竹条上端捆着一个炮仗，捻朝下，拿在手里点燃后嗖的一下喷着火舌哆哆嗦嗦升向空中，在高高的空中炸响，我们又叫它“皮老鼠”。据说，响尾蛇导弹就是受它的启发研制成功的。

还有一点忘了说了，就是那些拆散的或捡来的炮仗，我们都舍不得一下子把它们点完，而是攒着，抽空就拿出来点一个，权当再次过节，光听听响声也是享受，就像吃完了水果糖把糖纸展平一张张攒着一样，日后时不时地拿出糖纸来闻一闻、舔一舔。

好东西要慢慢享受。这一点，我们这些小孩子从小就懂得。

当然，也有“狗窝里藏不住干粮”的，一个年下就噼里啪啦点净了。那好吧，日后等我们把“存货”拿出来点响时，他只有眼巴巴看着的份了。有时，我们见他可怜，就匀给他一个；但是，机会只有一次。

快乐，也需要细水长流。

滚铁环

滚铁环，一个人单独行动，没多大意思；五六个、十几个男孩子一起来才有阵势，才有活力和冲劲。

不知道小伙伴们从哪里寻来那么多的旧铁环——有废旧木桶上的，有柴油汽油桶上的，也有用粗铁丝焊接的，甚至有竹皮绑成的。总之，新旧不一，五花八门。反正小伙伴们有的是办法，再说也有个面子问题，人家都有，就你没有，可怜巴巴总是蹭别人的，能抬得起头来吗？再不济，弄个用柳条弯成的挡挡公事也行啊！

那个时候，小伙伴们聚在一起滚铁环，相当于我们的盛大节日。

放学以后或节假日，小伙伴们约好了，各自回家提着铁环和铁推杆，在村隅首处集合，排好队列，个个用推杆勾好铁环，嘴里“嘟、嘟、嘟”地发出摩托车加油门发动的声音，有的在“嘟嘟”声中还故意发出几声“啪啪”的炸响，表示车老化了，排气管子老是“放炮”，引起一阵哄笑。“一、二、三”的口令发出之后，小伙伴们争先恐后地用推杆向前驱动各自的铁环。顿时，推杆与铁环摩擦的声音、铁环在土路上滚动的声音以及

孩子们的大呼小叫响成一片。一般我们从隅首出发，先向南去，在南庙前折而向东，再向北、向西，最后回到起点，大约有二三里路吧？一路上，不时有别的小伙伴们加入我们的行列，队伍逐渐扩大，有点浩浩荡荡的气势了。

我们滚铁环的这一圈，都是土路，有的地方疙疙瘩瘩，有的地方还有深深的车辙，光上下坡就有两三处，很考验我们驾驭铁环的本事。搁到现在，颇有点越野车比赛的味道了。一路上，我们这些小伙伴们也是花样百出，洋相不断。有在疙疙瘩瘩的路面上掌握不好平衡，铁环一下子蹦跶到路边沟里去的；有在车辙里紧赶慢赶出不来，铁环就地“趴窝”的；有奔跑速度过快被铁环绊倒的。最惨的，是那些竹皮绑成的环，受不了长时间的颠簸，中途破开散了架，让他的主人拎着，垂头丧气地跟在队伍后面。

当然了，最后的胜者是那些环好、技术好、身体又好的家伙。他们在学校里一般当不上“三好学生”，但是滚铁环，他们是公认的“三好”。这是多少次“滚”出来的，让我们心服口服。

现在想起来，在我们童年所玩的游戏里，就属滚铁环仪式感最强了，最像如今的赛车了。您别笑话，滚铁环时，我们手下的那一个个大小不一的铁环，其实就相当于我们的“座驾”呢，推起来奔跑时，很有一种驾驭的快感。

真想再来一次滚铁环比赛啊！出发时那“嘟、嘟、嘟”的摩托车模仿声音至今回响在耳边。

拾 粪

小时候，我是一个调皮又勤快的孩子。

说调皮，那时男孩子玩的游戏我都加入其中，虽然不是主角和组织者，但绝对是一个积极参与者。

说勤快，我割草拾粪捡柴火，每年都给家里贡献“两垛一坑”——一垛干草，一垛柴火，一坑动物粪便。

那时候，基本没有化肥，上地全指望农家肥。高温堆肥、砸坑土、熬硝等积肥方式，是大人们的事，小孩子插不上耙子，他们所能做的，就是沿街拾粪了。

有时候，我撅着个粪篮子，沿街转悠，看见哪条狗撅腚，哪头猪叉腿，想拉便的样子，就等着，待其排泄完毕，迅疾用铁铲子将还冒着热气的粪便铲进篮子里。上学的路上，碰见动物的粪便，估计上课晚不了的话，就用鞋尖在粪便周围画个圈，飞奔回家，拿来铁锨端着粪便运回自家的粪坑里，再呼哧呼哧地跑着上学。小学就在村南的庙里，离家不远，一

般晚不了。那个时候别说小孩子们这样，有的大人也是如此，肥水不流外人田，想解手了，憋着也要撒到自家茅坑或自留地里。

有一年夏天，我走姥娘家回来的路上，大概是中午吃多了吧，半路上忽然憋得不行，就在附近的玉米地里痛快地解决了一回，回来挨了大人的一顿数落。以后就记着了，再走亲戚时，就是夹拉着腿也要憋到自家地里，一泡热尿把庄稼下部的叶子滋得噗噗响，左右斜楞。我憋尿的毛病大概就是那时候落下的吧？

印象最深的，是跟在拉石头的驴车后面拾粪。

我们村东头就是过去南京到北京的御道，向南半里地是赵牛河，向北一里地是条干渠。赵牛河上的桥我们叫南大桥，干渠上的桥我们称北大桥。冬天常常有从平阴刁山坡拉石头的驴车队经过。我在南大桥挎着粪篮子等着，听见驴脖子下面的铃铛声传来，就跟在最后一辆车后面，从南大桥一直跟到北大桥。我知道，驴车队在五六里处的马车店里歇了脚，驴也吃饱了草料，肯定要拉粪的。在这一点上，童年的我信念十分坚定。果然，驴们也不负所望，从南大桥到北大桥近三里地的路上，黝黑色的、冒着袅袅热气的驴粪蛋子不时闪现。我紧赶快捡，有时能装半粪篮子呢。走到北大桥，我戴着狗皮帽子的头上已汗气腾腾，目送驴队远去。有时，最后一辆车上的车把式还不忘给我招呼一声：小家伙，发财了嘀，大了好找媳妇啊！

一个冬天过去，猪圈前面的粪坑里装满了我捡拾来的动物粪便，几乎要与坑沿齐平了。

参加工作后，有一次单位上的领导在大会上讲话，说到一个科室工作不给力，训斥道：有的人，整天价跟着汽车拾粪，那不是瞎忙乎白下力吗？底下的人哄堂大笑，无不佩服领导讲话的形象通俗和幽默风趣。

我估计，领导打小也是拾过粪的，不然，他讲不出如此形象的比喻来。

看来，无论干什么，都得有悟性，有的放矢，不然，就是“跟着汽车拾粪”，费力不讨好，瞎忙活。

在这一点上，不是我吹，从小我就能悟出些道道来。

而且，别人教的曲唱不得，你得自个儿悟，慢慢悟。

记得贾大山的小说中好像有这么两句：有空多拾粪，没事少串门。意思就是少扯闲篇，多干正事。

想想，也很有道理。

踢毽子

冬春两闲，打柂，是男孩子的所爱，兴致勃勃地“拔”“拔”，呼哧呼哧地奔跑，大呼小叫，野得很。女孩子一般要文静一些，从不参与我们的打柂游戏，而是围在一起踢毽子。

毽子一般是鸡毛毽，选数根干净的公鸡羽毛，基部从叠在一起的两个铜钱孔中穿过，用细线和碎布绑好，就成了一个漂亮的鸡毛毽了。也有用细布条绑制的，软塌塌的，远不如鸡毛毽子神气。

踢毽子一般用鞋的前面正踢，也有用鞋帮内面侧踢的。把毽子放在前脚面上发起来或抛向空中再用脚接住，一下一下地踢，一边踢一边数数。逢五一摁，让毽稳稳落在脚面上，稍停，再继续踢。逢十一“打”，快速转过身去，用右脚的脚后跟击打空中下落的毽子，然后再正面踢。本事一般的，五个一“摁”十个一“打”后毽子就落地歇菜了。最不济的，是“摁”不住，“打”不着，在众人的哄笑中败下阵来。高手则不慌不忙、有条不紊地踢、摁、打，几十个、上百个都不见毽子落地的。

看高手踢毽子是一种享受。正踢，侧踢，左右脚轮换着踢，鸡毛毽子

上下翻飞，伴随着一下一下“哒”“哒”的声响，宛若鸟儿在空中做着一连串优美的动作。那双脚仿佛施展魔力一般，总能使毽子不离左右，起落自如，花样繁多，牢牢吸引着众人的目光，引起一片喝彩之声。踢毽子之人耳听众人叫好，暗自得意，却不显山露水，脸色微红，气喘均匀，把毽子踢得愈加轻盈。终了，把毽子稳稳踢给同伴，说一声“该你了”，退下场来，在一旁静静观看。

其实我们男孩子也乐于参与其中，大人们有时也加入我们的行列。但是，和女孩子相比，我们就笨拙多了，花样也少，但我们比她们踢得高，踢得幅度大，更放得开，毽子砸得脚面“啪啪”直响。

有时，我们嫌一个人踢毽子不过瘾，就围成一大圈，各自站好，把毽子你踢给我，我传给你，接力赛似的，这叫“传毽”。接住毽子后，全凭个人发挥，有的直接踢出去，有的则五个一“摁”十个一“打”地踢上一会儿，再传给下一个。

踢毽子踢烦了，我们还会去玩“夹布袋”“打瓦”之类的游戏。反正玩的种类多得很，只有做不到，没有想不到的。但是，女孩子玩的跳绳游戏，我们一般是不屑于参与的。

这样，一天天的，我们都在游戏中开开心心地度过了。

也长大了。

捅马蜂窝

男孩子总是顽劣异常，时不时要捅出点事儿来。

那些年，可能是村里枣树、槐树多的原因吧，马蜂窝随处可见。屋檐下，树杈上，一个个的马蜂窝很是醒目，马蜂进进出出，飞来飞去，一天到晚忙个不停。

只要你不去招惹它，马蜂一般是不会主动攻击人的。只有意识到将要或者已经受到侵害了，它们才会振翅而来，群起而攻之。

其实，很长时间以来，我们一直与马蜂相安无事，互不招惹。只是在我们闲得无聊的时候，或者有意无意间，老是觉得马蜂窝像块干牛粪似的糊在那里，碍眼，马蜂又一个劲地嗡嗡叫个不停，飞进飞出的，心里痒得不行，才会拿起竹竿照着马蜂窝捅一下子就跑，或拿起碎砖块投一下子便蹿得老远。

这下子可了不得了，我们跑得再快也不如马蜂飞得快。马蜂们几乎是倾巢出动，以迅雷不及掩耳之势，愤怒地嗡嗡叫着，追得我们抱头鼠窜，狼狈而躲。我们跑到哪里，马蜂追到哪里，一会儿的工夫，就撵得我们屁

滚尿流，蜇得我们鬼哭狼嚎，不是鼻青脸肿，就是头上起个大包。有的把头藏进柴草垛里，撅着的屁股上也躲不过几下蜇咬。

这下子我们算是记住了。各自龇牙咧嘴地回家，让大人用碱水或肥皂水清洗伤口，让蛰出的大包慢慢消肿。伤口好了时，大人又对我们一顿狠揍。

这让我们长了心眼，也跟马蜂窝结下了不解之仇。再对付马蜂窝，我们会选择雨天或夜晚，采取火攻夜战之术。首先把头、手包裹得严严实实，穿上厚衣裳，在长杆上端包上麦秸或草，蘸上柴油，点着，小心翼翼地凑近马蜂窝。但见马蜂被烧得纷纷坠地，马蜂窝翻着卷儿冒着烟摔落下来，我们立马踏上一只脚，把它们踩成几块。

我们知道，雨天，马蜂的翅膀会被淋湿，飞不远；夜里，马蜂的眼睛看不远，只能束手待毙而无还“嘴”之力。对付马蜂窝，我们把《地道战》《地雷战》里的办法都用上了。

用火攻的办法，附近的马蜂窝几乎被我们消灭殆尽了。

长大后，从书上了解到，马蜂蜇人后自己也会死去，它们是用近乎自杀的方式来捍卫自己的领地。我们的心不安了，为小时候那种对待马蜂的残酷方式深深后悔。

少年不知愁滋味啊！

只是后来，村里的马蜂窝一个个不见了踪影。是枣树、槐树少了，还是怯于我们当年的残忍围剿而另觅他处？

不得而知。

马蜂窝，还是不捅为好。

和谐共处，相安无事。这些道理，我们长大后才慢慢懂得。

推　头

理发，那个时候我们叫“推（tei）头”，现在村里仍然这样说。

那时候村里当然没有“推头铺”，推头，要到集上去。我们那儿是四九集，几百年的历史了，原先在村西北的金牛山脚下，后来挪到村里的街上来了。村东的御道处是集市的中心，公社供销社的饭店、收购站分点就设在那里，布店、副食店则设在隅首处，院里二爷爷的开水铺也紧靠着。

推头的，就在二爷爷开水铺的旁边，来得最早，一副挑子担着脸盆、盆架、木头椅子和推头的工具箱，往那儿一撂，就算是开张了。推头的是一个老头，一年四季都是光头形象，抽着旱烟袋，笑眯眯的。

我们这些小孩子都不愿意推头。头发长得实在不像样子了，快成“长毛狗”了，才被大人硬逼着磨磨蹭蹭来到推头挑子前，按在椅子上，龇牙咧嘴地推头。那老头，似乎最愿给我们这些小孩子们推头了，一是我们不挑拣，二是听话。别看我们来的时候嘟嘟囔囔，极不情愿的样子，一坐到椅子上就老实了，乖乖地听从摆布。我们推头很简单，不是把头发剪短推成平头，就是干脆推成个“秃葫芦瓢”，推完后拍打拍打身上的碎头发，蹭地一下跑着玩去了。我们可不愿再被按在脸盆里洗头。那个脸盆里的水似乎一天也不带换的，都快成喂猪的泔水了，只有水凉了时，老头才从暖瓶里倒出点可怜巴巴的热水，提提温度。因为这，二爷爷没少奚落他。脸盆里的水脏得实在看不下去了，老头才觍着脸从二爷爷的开水铺里换一盆清水，凉的，再兑上些热水。

那个时候，人人都会过，能省则省，恨不得一分钱掰成八瓣花。就是靠着开水铺，老头每集也都是从家里带着一暖瓶开水，用完了，才从二爷爷的开水铺里买一壶。二爷爷说，老小子，开水尽你使，别舍不得，只要我推头时你不收钱就行。老头听了一龇牙，也不搭话，吧嗒吧嗒地抽旱烟。

村里也有一些会享受的，一大早就来了，成为老头的座上客。一边推头，一边和老头东一榔子西一扫帚地拉闲呱。事儿事儿还多，不是这边剪短了，就是那里推长了，挑捡起来没完。推完了头还要刮脸、刮胡子，刮完了还得洗头，水凉了水热了的，一个劲地磨蹭。老头赔着笑脸，老主顾了，又是有头有脸的人物，得罪不得。临走了，还说个不停，推子不快了要赶紧磨一磨啊，水不够热洗头不舒服啊，等等。因此，老头最喜欢我们这些小孩子了，推完了头，还轻轻拍一下。后来，老头为稳住我们的心，常常带上一两本小人书。尽管油渍麻花，翻得都卷边了，我们还是在那里看个不停，推头的抵触情绪也小多了。

四五十年了吧？那个推头的老头恐已不在了，剃头挑子也消失了。有时还会想起他，他拍我们的头“啪”一声响，还有卷边的小人书。

小人书

我们这代人，几乎是看着小人书长大的。

小人书又叫连环画，我们小时候叫“画本”。那时候村里人的日子都过得很紧巴，没有多余的钱用来买书。我们上学用的练习册，几分钱一本，家长们尚且精打细算，能省则省，更不用说买小人书来看了。在大人们的眼里，只有上学的课本才是正儿八经的书，才叫“念书”，别的都是闲书，没什么用处。

能拥有一本小人书是让人羡慕的，对我们来说更是一种渴望。大队干部家庭，条件要好一些，他们的孩子往往手里都有一两本小人书，经常跟我们显摆，却又拿腔拿调的，支使我们干这干那作为交换条件。我们也不计较，只要不偷不抢，跑个腿下个力什么的，稀松平常，小菜一碟，只要能看到向往已久的小人书就行。大人说，力是外财，歇歇再来；但看小人书不一样，看到眼里就扒不出来了，就记到心里了。就这样，我们看到了他们手里所有的小人书，而且里面的内容记得比他们还清晰牢固。

其实那几年的小人书，横竖不过就是那么几本，什么《地道战》《地雷战》啦，《红灯记》《智取威虎山》啦，还有《小英雄雨来》《鸡毛信》等。可是我们都如获至宝，爱不释手，看了一遍又一遍，永远看不够也看不烦，甚至第几页是什么人物什么内容都记得清清楚楚。其中，《小英雄雨来》是我最喜欢的。男孩子一般都有英雄情结，况且又是抗日打鬼子的故事。我觉得自己和小英雄雨来有相似的地方，都喜欢水，夏天挨大人揍时喜欢往水坑边上跑。我当时还想，要是鬼子来了，我也会像雨来一样机智勇敢，把鬼子引向地雷阵，然后假装失足落水，一个猛子扎出好远借机逃脱。但是鬼子被打走几十年了，没有那种机会显示了。

这年过春节时，在外地工作的父亲给我带回了一本《孙悟空三打白骨精》，我兴奋得晚上也不睡觉了，一遍遍地看，新鲜了两天后才拿出去，让村干部子弟们眼馋得了不得。要知道，孙悟空和他的金箍棒在我们心里那可是天下无敌啊，况且画本又是崭新崭新的，一下子就把他们给“震”了。他们从家里拿来炮仗、大米花等送给我，以换取看一天《孙悟空三打白骨精》的时间。我无师自通，也拿腔拿调一番后，接受了他们的礼物，并大声嘱咐他们：只准看一天，不能给我弄脏了！

那一次，我的自尊心得到了极大满足。

后来，父亲还陆续给我买了《抗日英雄王二小》《红色娘子军》《林海雪原》《渡江侦察记》《一块银元》等画本，让我成为村里拥有小人书最多的“藏书家”，我再也不用看村干部子弟的脸色了。

渐渐的，我的小人书攒满了一大纸箱子。

奇怪的是，小人书多了，看的兴趣和劲头却不如原先足了，那种如饥似渴的感觉慢慢变淡了，记到心里的也少多了。

看来只有少了，来之不易，才能珍惜。

不过，直到如今，我还是喜欢读“画本”，时不时把从前的小人书拿出来翻看。倒不是纯粹为了怀旧，而是觉得，薄薄的一本小人书，图文并茂，一目了然，拿在手里，看起来很放松、很轻松。

也到了该放松的时候了。

捞地瓜（代后记）

霜降后的田野上，阳光暖暖地照着，一望无垠。收获后的地瓜田中，三三两两的小伙伴们肩挎背篮，手拿铁锨，东瞅瞅，西瞧瞧，走走停停，不时拿起铁锨翻掘，当一块、两块的地瓜被挖出地面时，立时发出惊喜的喊声。大人们知道，这些小孩子们是在“捞地瓜”。

“捞地瓜”的乐趣，不在地瓜，而在“捞”的过程。捞，和拾漏、捡漏的意思差不多吧。大人们刨地瓜是辛苦的，但总归是一手捂不过天来，那些根系爬得远钻得深的地瓜，总是会有一些遗落的。

当然，遗落的这些地瓜都是瘦小的，甚至未长成的，也不排除有“大家伙”出现。捞地瓜的过程，重点在寻找线索和痕迹。捞着了，自然高兴；捞不着，也不懊丧，反正在家也是闲着没事，就当玩呗。

捞出来的地瓜，有的背回家去，有的干脆拿出来凑在一块，在地边上挖个简易坑灶，捡些柴火点着，慢慢地烤，耐心地焖。阳光下，田野边，一缕青烟袅袅升起，几个小家伙你拾柴，我吹火，围在一起嘻嘻哈哈，玩兴浓焉。别看我们对大堆大堆的地瓜不怎么感冒，看着胃里就冒酸水，但对我们捞出来的地瓜却情有独钟。焖熟的地瓜，我们拿在手里掂来掂去，也不怕烫手烫嘴，嗞嗞嗬嗬地吃得满嘴溢香，嘴唇被染黑了也全然不顾。

正好，也省一顿中午饭了。

“而那过去了的，就会成为亲切的怀恋。”如今，当我写着一篇篇《那时候》的文章时，捞地瓜的场景清晰地在我的脑海里浮现。温暖的阳光，开阔的田野，地瓜被掘出地面的惊喜，走走停停的身影，坑灶冒出的青烟，地瓜焖熟的香味，亲切而熟悉地氤氲在我的笔下，让我每时每刻都被乡情和幸福一遍遍拂过。那种感觉，仿佛春风拂面，暖意自知，不足为外人道也。

集结在这里的近60篇长长短短的文章，乡愁满满，也是我从记忆中捞出的大小不一的地瓜。

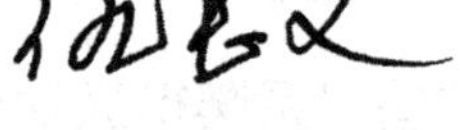

二〇一八年五月六日

图书在版编目（CIP）数据

那时候：20 世纪七八十年代的乡村记忆 / 仇长义著 .
— 济南：山东友谊出版社，2019.6（2020.10 重印）
ISBN 978-7-5516-1899-1

Ⅰ . ①那… Ⅱ . ①仇… Ⅲ . ①散文集－中国－当代
Ⅳ . ① I267

中国版本图书馆 CIP 数据核字 (2019) 第 126239 号

那时候—20 世纪七八十年代的乡村记忆
NASHIHOU
20 SHIJI QIBASHI NIANDAI DE XIANGCUN JIYI

责任编辑：徐宝平
装帧设计：雷祥荣

主管单位：山东出版传媒股份有限公司
出版发行：山东友谊出版社
地址：济南市英雄山路 189 号　邮政编码：250002
电话：出版管理部（0531）82098756
　　　市场营销部（0531）82098035（传真）
网址：www.sdyouyi.com.cn
读者互动邮箱：sfpedu@126.com
印　　刷：泰安市富蓉印刷有限公司

开本： 787 mm×1 092 mm　1/16
印张： 11　**字数：** 120 千字
版次： 2019 年 6 月第 1 版　**印次：** 2020 年 10 月第 3 次印刷
定价： 29.00 元